ちくま文庫

現代語訳 舞姫

森 鷗外
井上 靖 訳

筑摩書房

目次

現代語訳 舞姫　井上靖 訳　7
解説　山崎一穎　67
舞姫（原文）　115

資料篇

資料・エリス　星 新一　167
兄の帰朝　小金井喜美子　178
BERLIN 1888　前田 愛　186

現代語訳

舞姫

1888年頃のベルリン市街図
カルル街
（太田下宿）
（モンビシュウ街）
ヴィクトリア座
シュプレー川
マリエン教会
クロステル街
クロステル教会
凱旋塔
フリードリヒ街駅
大学
キョオニヒ街
ウンテル・デン・リンデン
王宮
ブランデンブルク門
獣苑
（ティアガルテン）
←ホテル・カイゼルホオフ

現代語訳　舞姫

井上靖訳

石炭はもう積み終えてしまった。二等室のテーブルのある辺りはたいへん静かで、白熱電燈の光の晴れがましいのも無駄なことに思われる。今宵《こよい》は夜毎ここに集ってくる骨牌《かるた》仲間も、みな陸の客館《ホテル》に泊って、船に残っているのは私一人《ひとり》であるからである。

五年前の事になるが、年来の希望が適《かな》って、役所から洋行の命を受け、このサイゴン*の港まで来た頃は、目に見るもの、耳に聞くもの、一つとして新しくないものは

＊サイゴン　Saigon　現在のベトナムのホーチミン市。

なく、筆に任《まか》せて書き記した紀行文は、毎日毎日、幾千言を連ねたことであろう。当時の新聞に載せられ、世の人にもてはやされはしたが、今日になって思えば、幼き思想、身の程知らずの放言、そうでないにしても尋常の目に触れるものすべて、さては風俗などをさえ珍しげに記したのを、心ある人はどのように思っていたことであろうか。こんどの場合は旅の出発に際して日記を記そうと購入した冊子《ノート》も、今だに白紙のままであるということは、独逸《ドイツ》留学中に一種の「ニル、アドミラリイ」*の気象、何事にもさして心を動かすことのない気象を養い得たためであろうか。いいや、そういうことではない。これには別の理由がある。

言うまでもないことであるが、いま東に帰ろうとしている現在の私は、曾《かつ》ての、西に航海していた昔の私では

＊ニル、アドミラリイ nil admirari（ラテン語）何事にも驚嘆しないこと、外界に左右されないで生きる冷淡な態度、精神を言う。

ない。学問の方こそなお飽き足らぬところは多いが、浮世《うきよ》がいかに辛《つら》いものであるかということなどは知ってしまっている。人の心の頼みがたいことなどは言わずもがな、われとわが心さえ変り易いものであるということも知っている。昨日《きのう》是としたものを今日《きょう》は非とするその時々で変る自分の感触を、筆に写して誰に見せることができるであろうか。これを日記の書けぬ理由とするか。いいや違う。これには別の理由がある。

ああ、伊太利《イタリア》のブリンジイシイ*の港を出てから、早くも二十日《はつか》あまり経っている。普通なら初対面の船客とも交際して、旅の退屈を慰め合うのが航海の習わしであるが、僅《わず》かの体の不調にことよせて船室内だけに籠《こも》り、連れの人々にも物言うことの少いのは、人知れぬ憂え事に頭を悩ましているためである。この憂いは初めはひと刷

＊ブリンジイシイ　Brindisi（ブリンディジ）イタリアの南東部に位置し、アドリア海の入口にある港。ローマ時代からギリシア向け、アジア向け航路の出発港であった。十字軍もまたここから出発した。

けの雲のように私の心を掠《かす》めて、瑞西《スイス》の山の景色も見せず、伊太利の古蹟にも心を留めさせなかった。中頃になると、ために世を厭《いと》い、身をはかなんで、腸が毎日九廻転するような烈《はげ》しい痛みを背負わされた。それが今は心の奥に凝り固まって、一点の翳《かげ》だけになってしまいはしたが、文字を読んでも、物を見ても、宛《さなが》ら鏡に映る影、声に応ずる響《ひびき》のように、限りない懐旧の情を呼び起して、幾度となく私の心を苦しめている。ああ、どうしてこの憂いを消したらいいのであろう。もし外からの憂いであったなら、詩に唱《うた》ったり、歌に詠《よ》んだりすることに依って、そのあとは気分もすがすがしくなることであろう。だが、この憂いは余りにも深く私の心の内部に彫りつけられてあるので、そういうわけにはゆかないと思うが、今宵《こよい》はさいわい周囲に人も居らず、室付きボーイがスウイッチをひねって電燈を消すのにも、まだ間があると思われるので、では、これから、その憂え事のあらましを文章に綴ってみることにしよう。

私は幼い頃から厳しい家庭教育を受けていたので、そのお蔭で、父を早く喪《うしな》いはしたが、ために勉学が荒《すさ》んだり衰えたりするようなこともなく、旧藩*の学校にあった日も、東京に出て大学予備門*に通っていた頃も、それからまた大学法学部*に進むようになってからも、太田豊太郎という名は、いつも一級の最初のところに記されていた。一人子の私を力にして世を渡る母の心は、さぞや慰められていたことであろうと思う。十九歳で学士の称号を受けて、大学開校以来例のない名誉であると人にも言

＊旧藩の学校　各藩で士族の子弟を教育した藩校。鷗外に則して言えば、津和野藩の藩校「養老館」。
＊大学予備門　明治十年東京大学の設立に際し設けられ、大学教育のための基礎教育を施した。現在の東大教養学部（旧一高）の前身。
＊なぜ法学部なのか。明治維新後まもない日本にあって、近代社会の制度設計は急務であった。
明治22年（一八八九）2月
大日本帝国憲法公布
明治23年（一八九〇）1月
『舞姫』発表
明治23年（一八九〇）11月
国会開設

われ、某省に仕える身となってからは、故郷の母を都に呼び迎えて、三年ほど楽しい毎日を送った。役所の長官の覚えも特に目出たかったので、洋行して一課の事務を取り調べるようにという命令を受けるに到り、自分が出世するのも、家を興《おこ》すのもこの時にありと思う心が勇み立って、五十歳をこえた母と別れるのもさほど悲しいとも思わず、遠く家を離れて、はるばる伯林《ベルリン》の都にやって来たのである。

私は漠然たる功名の念と、自分を拘束することに慣れた勉学への意欲を持って、何はさて措《お》き、このヨーロッパの新しい大都の中心部に立った。わが眼《め》を射ようとするのは、いかなるものの光彩であろうか！　わが心を迷わそうとするのは、いかなるものの色彩であろうか！

ここはまっすぐに伸び走っている*ウンテル・デン・リン

＊ウンテル・デン・リンデン　Unter den Linden　ベルリン市の中央を東西に貫く延長約一、三〇〇メートル（西パリ広場より東カイザー・フランツ・ヨセフ広場及びツォイグハウス〈武器庫、戦利品陳列館〉前まで）、幅六〇・三メートルの大道。歩道・車道・騎馬道・散歩道を区分する四列の菩提樹（リンデン）を植えた公園式道路。旧東ベルリンに属す。

＊ウィルヘルム一世　Wilhelm I（1797～1888）プロシャ王。ビスマルク（宰相）、モルトケ（参謀総

デンの大通り。菩提樹《ぼだいじゅ》の下と訳すと、幽静な場所と思われそうであるが、両側の石だたみの道を三々五々、連れ立って歩いている士官や娘たちを見よ。まだ*ウィルヘルム一世の宮殿が街に臨み、*皇帝がよく通りに面した窓にお立ちになった時代であったので、胸を張り、肩をそびやかせて行く士官たちは、さまざまな色で飾り立てた礼服を着ており、美しい少女たちは少女たちで、巴里《パリ》風の粧《よそお》いをこらしている。あれもこれも眼を驚ろかさぬものはないのに、車道は車道で、アスハルトの上をさまざまな馬車が、車輪の音も立てないで走っている。雲に聳《そび》えるように並び立っている楼閣、その少しとぎれた所には噴水が見えており、そこからは晴れた空に夕立の音を聞かせでもするように、たくさんの水がたぎり落ちている。遠く眼をやると、*ブランデンブルク門を隔《へだ》てて、その向

長）らを重用してドイツ統一に成功し、ドイツ皇帝となる。

＊ウィルヘルム一世の宮殿は、ウンテル・デン・リンデンのほぼ東端、三七番地にあり、一階の左角の皇帝の執務室の隅窓（Eck-fenster）から毎日正午に行われる近衛兵の交代パレードの際、衛兵の敬礼に対して答礼された。

＊ブランデンブルク門　Brandenburger Tor　この門は建築家カール・ゴットハルト・ラングハンスの設計に係る（一七八八―九一）新古典主義様式の初期の傑作。ウンテル・デン・リンデンの西端にあり、巨大な円柱の門に五つの通路、その上に四頭の馬に曳かれた勝利の神像を戴く壮麗な門。砂岩作りの門にして、先端までの高さ二六メートル、幅六二・五メートル。

うに緑の枝をさし交している中から*凱旋門《がいせんもん》が聳え立ち、その頂きの金色の神女の像が中空*に浮かび出ている。このように沢山の見ものが眼のあたりに集っているので、初めてこの都に来た者が、あちらを訪ね、こちらを訪ね、応接に遑《いとま》ないのは無理からぬことである。しかし私の場合は、たとえいかなる所へやって来ようと、さして意味のない美観に心を動かしてはならぬという誓《ちかい》を胸中に持っているので、いつも自分を襲い来る外界からの刺激を、遮《さえぎ》り留めることができた。

私がベルを鳴らして面会を申し込み、公の紹介状を出して、日本からはるばるやって来た挨拶《あいさつ》をすると、*この国の役人たちはみな快く私を迎え、公使館からの手続きが事なくすみさえすれば、何事であれ、教えもし伝えもしようと約束してくれた。こうした場合、嬉しかった

* 凱旋門　ブランデンブルク門の西北、ケーニッヒ広場に、普墺、普仏両戦争の勝利とドイツ統一を記念して建てられた塔。高さ六〇メートル、頂上に金色の勝利の女神像。

* 豊太郎はウンテル・デン・リンデン西端のパリ広場からこの女神像を眺望している。（神山伸弘『鷗外はブランデンブルク門の彼方に凱旋塔を見なかったのか――『舞姫』における「目睫の間」の「景物」をめぐって――』参照、跡見学園女子大学「人文学フォーラム」第2号、二〇〇四年三月、跡見学園女子大学文学部人文学科発行）

* この国　プロシア(Prussia)を指す。ドイツ連邦内の一国。ドイツ統一の中心となる。当時、日本ではドイツ全体をプロシアと呼ぶ。

ことは、私が日本でドイツ、フランスの言葉を学んだことであった。彼等は初めて私に会った時、どこでいつの間にこのように学ぶことができたのかと、訊《たず》ねぬことはなかった。

日本に居る時、前以て公式の許可をとっていたことでもあるので、役所仕事に暇ができると、伯林《ベルリン》大学に入って政治学を修めようと、名を聴講者名簿に記した。

ひと月ふた月と過しているうちに、公の打合せもすみ、調べ事も次第に捗《はかど》って行ったので、急ぐことは報告書に作って日本に送り、急がぬものは筆写して手許に置いたが、それが次第に何巻かの量になって行った。大学の方は、幼い頭で思案したような政治家になるべき特科などというもののあろう筈《はず》はなく、これかあれかと心迷いながらも、二三の法律学者の講義に出てみようと心に決めて、月謝を収め、そして登校して講義を聴いた。

このようにして三年程は夢のように過ぎてしまったが、時が来れば包んでも包んでも、包みきることのできないのは人間の持って生れた好尚《こうしょう》というものである。私は父の遺言を守り、母の教に従い、人から神童などと褒《ほ》められるのが嬉れしくて怠らず勉強した時期から、役所の長官に善い働手《はたらきて》を得たと励まされるのが喜ばしくて怠りなく勤めた時期に到るまで、一貫して自分が消極的、器械的な人物になっていることに気付いていなかった。今や私も二十五歳、既に久しくこの大学の自由な気風の中に身を置いたためであろうか、心中なんとなくおだやかならず、自分の中に奥深く潜《ひそ》みかくれていた真の自分が漸く表面に現われて来て、昨日までの自分でない自分を責めるような具合になった。私は自分が今の世に雄飛すべき政治家になるのに適当でなく、またよく法律書をそらんじて裁判の判決を下す法律家たるのにもふさわしくないことを、漸く悟り知ったと思った。

心中ひそかに思ったことであるが、わが母は私を活《い》きた辞書となそうとし、わが役所の長官は私を活きた法律となそうとしたのである。辞書になるのはまだ耐えられぬこともないが、法律になるというに到っては我慢することはできない。これまで取るに足らぬ小さい問題についても、極めて丁寧に日本の役所に返事をして来た私であったが、この頃から役所の長官に送る書面には、しきりに法制の細目に拘泥《こうでい》すべきでないことを論じ、ひとたび法の精神をさえ得た上は、取るに足らぬ些細《ささい》なことなどは何事も、竹でも割る如《ごと》く片付けるべきであるなどと広言したものである。また大学では法科の講義をよそにして、歴史文学に心を寄せ、漸く心を満足させる境地に入ることができた。

役所の長官はもともと心のままに用うることのできる器械をこそ作ろうとしたのである。独立した思想を抱いて、平凡ならぬ顔つきをした男などをどうして喜ぶであろうか。私が当時占めていた地位は、今考えると危いものであった。しかし、これだけのことでは、私の地位をくつがえすことはできないが、日頃ベルリンの留学生の中で、ある勢力を持った一群と私との間には、面白からぬ関係があって、彼等は私を猜疑《さいぎ》し、その果てに私のことを讒言《ざんげん》しておとしめるに到ったのである。しかし、こうしたこともまた、理由なくしてはあり得ぬことである。

　彼等は私が一緒に麦酒《ビール》の杯をあげず、珠突《たまつ》きの棒をも手にしないのを、かたくなな心と、欲望を制する力のためであるとして、ある時は嘲《あざけ》り、ある時は嫉《ねた》んだりしたのであろう。しかし、これは私という人間を知らなかったからである。ああ、そうは言っても、自分という人間を私自身さえ知らなかったのに、どうして人に知って貰えるであろうか。私の心は合歓《ねむ》という木の葉に似て、物が触れると、縮んで避けようとする。私の心は臆病で処女に似ている。私が幼い頃から目上の者の教を守って、学問の道に入るようになったのも、官吏の道を歩むようになったのも、みな勇気あって為《な》したことではない。耐え忍んで勉学した力によって、すべては為されたように見えていたが、そうではなくて、みな自分をあざむき、人をさえあざむいたのであって、人のたどらせる道を、ただひとすじにたどっただけのことである。ほかのことに心が乱れなかったのは、ほかのことを棄《す》てて顧みぬほどの勇気があったためではない。ただほかのものを恐れて、自分で自分の手足を縛っただけのことである。故郷を出立する前にも、自分が有為の人物であることを疑わず、また自分の心がよく耐えるであろうことを深く信じていたのであった。が、そのような自分はひと時のことであった。船が横浜を離れるまでは、天晴《あっぱ》れ豪傑と思っていた身も、いったん船が港を離れると、とめることのできぬ涙に手巾《ハンケチ》を濡らしている自分を、自分ながらおかしなことだと思ったが、これこそ自分の本性以外の何物でもなかったのである。こうした心は生まれながらのものであろう。また早く父を喪《うしな》って母の手に育てられたことによって生じたものでもあろう。

彼等が嘲《あざけ》るのも尤《もっと》もなことである。それにしても嫉《ねた》むということはおろかなことではないか、この弱くふびんな私という人間の心を。

赤く白く顔を化粧して、刺激的な色の衣服を身に纏《まと》い、珈琲《コーヒー》店に腰を降ろして客をひく女を見ては、行ってそれに応ずる勇気はなく、高い帽子を頭にのせ、眼鏡《めがね》に鼻を挟《はさ》ませて、この国では*貴族めいて聞える鼻音でものを言う道楽者を見ては、そこへ行ってこれと遊ぼうという勇気もない。この種の勇気の持合せがなければ、あの活発な同郷の連中と交際の仕様はない。この交際のうといことのために、あの連中はただ私を嘲り、私を嫉むだけでなく、その上に私を猜疑することとなったのである。これこそが私が冤罪《えんざい》を身に負って、暫くの間ではあるが計り知れぬほど大きな艱難《かんなん》を経験し尽すなかだちになった

＊貴族めいて聞える　男娼（ゲイボーイ）のことであろう。本文中の「レエベマン」には男娼の意味はないが、ここでは、〈娼婦〉の対《つい》として用いられているので〈男娼〉とする。

のである。

或る日の夕暮のことであったが、私は*ティヤーガルテンを散歩して、ウンテル・デン・リンデンの大通りを過ぎ、わが*モンビシュウ街の借《か》り住まいに帰ろうと、*クロステル地区の古い寺院の前まで来た。私は繁華街の燈火の海を渡って来て、この狭く薄暗い巷に入り、二階、三階の木の手摺《てすり》に干してある敷布や襦袢など、まだ取入れてない家、頬髭長いユダヤ教徒の老人が戸口に佇《たたず》んでいる居酒屋、一つの梯子《はしご》はすぐ二階に達し、他の梯子は地下住まいの鍛冶屋の家に通じている貸家、こうした家々に対《む》かい合って、凹字の形に引込んで建てられてあるこの三百年前の遺跡を見る度《たび》に、心恍惚となって暫《しばら》く佇ん

* ティヤーガルテン Tiergarten ブランデンブルク門に隣接する大規模な森林公園。古くは皇帝の猟場であった故に、鷗外は「動物園」でなく「獣苑」と訳語をあてた。

* モンビシュウ街 Monbijou 鷗外が在独中は街区として存在していない。ベルリンにおける鷗外の第三の下宿であるハアケ市場に面した大首座街一〇番地の近辺にあるモンビシュウ広場を想定したものか。広場はウンテル・デン・リンデンの東端から北方約六〇〇メートル、シュプレー川の北岸に位置している。

* クロステル地区 Klos-

だこと何回であるか知らない。

今この所を通り過ぎようとする時、鎖《とざ》した寺門の扉にもたれて、声を呑《の》んで泣く一人の少女が居るのを見た。年は十六、七であろう。被《かぶ》ったマフラーからこぼれている髪の色は薄いこがね色で、着ている衣服は垢《あか》がついて汚れているようには見えない。私の足音に驚いてこちらを振り返った面《おもて》は、私に詩人の才能がないので、残念ながらこれを写すことはできない。この青く清らかで、もの問いたげに愁いを含んでいる目の、半ば涙を宿している長い睫毛《まつげ》に掩《おお》われているところなど、どうしてひと眼見ただけで、用心深い私の心の底にまで焼きついてしまったのであるか。

相手はおしはかれぬほどの深い歎きに遭って、あとさき顧みるひまもなく、ここに立って泣いているのであろ

ter　ウンテル・デン・リンデンの東端から東へ一〇〇〇メートル、シュプレー川を渡ったアルト（古）ベルリン地区。「僧房街」の意。町名のように、この地区にはクロステル教会(Kloster Kirche)、マリエン教会 (Marien Kirche) など古い教会が多い。

うか。私の臆病な心は憐憫《れんびん》の情に打ち負かされて、私は思わず傍《そば》に寄って、「なぜ泣いておられるか。この土地に繋累のない外国人の私は、却《かえ》って力を貸して上げ易いこともあろう」と言いかけたが、われながら自分の大胆さに呆れている気持だった。

相手は驚いて私の黄色の顔を見守っていたが、私の真実な気持が顔に現われていたのであろう、「あなたは善い人のようにお見受けする。あの人のように酷《むご》くはない。また私の母のように」、暫《しばら》く涸《か》れていた涙の泉はまた溢《あふ》れて、愛らしい頬を流れ落ちた。

「私を救って下さい、あなた。私が恥知らずの人間になるのを、救って下さい。母は私が彼の言葉に従わないからと言って、私を打ちました。父は亡くなりました。明日は葬らなければなりませんが、家には一銭の貯《たくわ》えさえありません」

あとはすすり泣きの声だけ。私の眼はこのうつむいている少女の微かにゆれている襟《えり》くびにだけ注がれていた。

「あなたの家に送って行って上げよう。だからまず気持を落着けなさい。泣声を人に聞かせないように、ここは往来なんだから」。私が話しているうちに、相手は知らず知らず私の肩に寄り添ってきていたが、この時ふと頭をもたげ、初めて私を見たかのように、羞《はじ》らって私の側《そば》を飛びのいた。

人に見られるのが厭《いや》で足早やに歩いて行く少女のあとについて、寺の筋向かいに当っている家の表戸を入ると、欠け損じている石の梯子があった。これを上がって行くと、四階目に腰を折って潜《くぐ》るくらいの戸があった。少女はさびた針金の先きを捻《ね》じ曲げてあるのに手をかけて強く引いた。すると内部から「誰か」と訊《き》く咳枯《しわが》れた老婆の声がした。エリスが帰ったの、と少女が答えるか答えないうちに、戸を荒々しく引開けたのは、半ば白くなっている髪、悪い相ではないが、貧苦の痕を額《ひたい》に印している老婆で、古い毛皮の衣服を着、汚れた上靴をはいている。エリスが私に会釈《えしやく》して入るのを待ちかねたようにして、老婆は戸をはげしく閉めたてた。

私は暫《しばら》く茫然として立っていたが、ふと油燈《ランプ》の光にすかして戸を見ると、エルンスト・ワイゲルトと漆で書いてあって、下に仕立物師と添え書きしてある。これが亡くなったという少女の父の名なのであろう。内では言い争うような声が聞えていたが、また静かになって戸は再び開いた。さっきの老婆は慇懃《いんぎん》に自分が無礼な振舞をしたことを詫びて、私を家の中に迎え入れた。戸の内側は台所で、右手の低い窓には真白に洗った麻布がかけてある。左手には粗末に積上げた煉瓦の竈《かまど》がある。正面のひと部屋の戸は半ば開いていて、なかに白布をかぶせてある寝台が見えている。伏しているのは亡くなった人なのであろう。老婆は竈《かまど》の側の戸を開けて、私を内部に招じ入れた。ここは二重勾配《こうばい》のいわゆる「マンサルド」*式屋根の屋根裏部屋の街に面した一間なので天井はない。隅の屋根裏から窓に向って斜めに下がっている梁《はり》を紙で張ってあって、その下の立てば頭のつかえるところに寝台が置かれてある。部屋の中央の机には美しい毛氈《もうせん》を掛けて、その上には書物一二冊と写真帖とをならべ、陶瓶《とうへい》にはここに似合わしくない高価な花が生けてある。その傍に少女は羞らいを帯びて立っていた。

彼女は優れて美しい。乳のような色白の顔は燈火《ともしび》に照

＊マンサルド Mansarde（仏）屋根裏を部屋として使用するために屋根を急傾斜させて窓を取り付け、その上にゆるい勾配（こうばい）の屋根を配するマンサルド（二重勾配屋根）は、最初の設計者 Francois Mansart（1598～1666）にちなんで、この名が付けられた。

らされて、微かに紅味《あかみ》を呈している。手足の弱々しくたおやかなところは、貧家の娘とは見えない。老婆が部屋を出て行ったあと、少女は少し訛《なま》りのある言葉で言った。

「あなたをこんな所までお連れした心なさを、許して下さい。あなたは善良な方であるに違いない。よもや私をお憎みにはならぬでしょう。明日に迫る父の葬式、頼みに思ったシャウムベルヒ、あなたは彼を御存じないでしょうが、彼は「ヰクトリア*」座の座頭《ざがしら》であります。彼の抱《かか》えとなってからもう二年にもなるので、事なく私たちを助けてくれるものと思いましたが、人の弱味につけこんで、身勝手な言いがかりをつけようとは……。私を救って下さい、あなた。お金は僅《わず》かな給金をさいてお返しいたします。たとえ食べるものを食べなくても。お金を貸して頂けないなら、母の言葉に従うより他ありませ

＊ヰクトリア座 Viktoria Theater ヴィクトリア座（ミュンツ街二〇番地）。カール・フェルディナント・ラングハウスによる設計。一八六〇年完成、都市の再開発のため一八九一年解体。席数一三八〇。レヴューや軽演劇を上演。鷗外のベルリンでの第二の住居（クロステル街九七番地）から四〇〇メートルの所にあった。

ん」少女は涙ぐんで身をふるわせた。そのこちらを見上げている眼には、人に否と言わせぬ媚態がある。この眼の働きは意識してのことか、あるいは自分は知らないことか。

私のポケットには二三*マルクの銀貨はあるが、それで足りよう筈《はず》はないので、私は時計をはずして机の上に置いた。「これを質屋に持って行って、一時の急をおしのぎなさい。質屋の使がモンビシュウ街三番地に太田と訪ねて来た時には、その代金を払って上げるから」

少女は驚き感動した様子を見せて、私が辞去するために出した手に唇を当てたが、はらはらと落ちる涙を私の手の甲にそそいだ。

ああ、いかなる悪い因縁《いんねん》であろうか。この恩を謝そうと、自分から私の借り住まいを訪ねてきた少女は、*ショ

＊マルク Mark　ドイツの旧通貨。「日本陸軍衛生部の編制」（鷗外の在独中の演説）によれば、四マルクがほぼ一円に相当した。

＊ショオペンハウエル Arthur Schopenhauer (1788～1860)　ドイツの哲学者、世界の形而上の根本原理に生きようとする〈盲目の意志〉を認めた厭世哲学を樹立。生の哲学と精神分析の源流として、ニーチェを経てフロイトにつながる。主著に「意志と表象としての世界」「自然意志論」など。

オペンハウエルの書物を右にし、シルレル*の書物を左にして、終日端然として坐《すわ》っている私の書斎の窓下に、一輪の美しい花を咲かせた。この時を初めとして、私と少女の交際は漸く繁くなって行って、同郷人にも知られてしまったが、彼等は早合点して、私という人間を色を舞姫の群れに漁《あさ》っている男としてしまった。私たち二人の間にはまだ幼く他愛ない、愚かとしか言えないような歓楽だけがあったのであるが。

その人を名指すのは憚りがあるが、同郷人の中に事を好む人があって、私が屡々《しばしば》芝居小屋に出入りして女優と関係しているということを、役所の長官のもとに報《しら》せた。それでなくてさえ私が学問の横道に走っているのを知って憎々しく思っていた長官は、ついに事の理由を公使館に伝えて、私の官を免じ、私の職を解いた。公使がこの

＊シルレル　Friedrich von Schiller（1759〜1805）ドイツの詩人、劇作家。一七八〇年、学業を終えると連隊付き軍医に配属されたが、ここから彼は処女作「群盗」初演の地マンハイムへ逃亡、再び軍隊には戻らなかった。ゲーテと並ぶドイツ古典文学の二大詩人。主著に「群盗」「ウィルヘルム・テル」「たくみと恋」など。シラー。

命を私に伝える時、彼が言ったことは、もしすぐ帰国するなら旅費を支給するが、なおもここに留まっているというのであれば、公のたすけを仰ぐことはできないということであった。私は一週間の猶予を請うて、とやこう思い悩んでいる時、私の生涯で最も悲しく思った二通の書状に接した。この二通は殆ど同時に出したものであるが、一つは母の自筆、一つは親族の一人が母の死を、私がまたなく慕う母の死を報せてきた手紙であった。私は母の手紙の中の言葉をここで反覆することはできない。涙が溢《あふ》れてきて、筆の運びをさまたげるからである。

私とエリスとの交際は、この時までよそ目に見るより清純であった。彼女は父が貧しかったために充分な教育は受けていず、十五の時に舞踊の師の募集に応じて、このとかく変な眼で見られがちな舞踊というものを教えられ、その講習が終ったあと、「ヰクトリア」座に出演するようになり、今は一座で第二の地位を占めるようになった。しかし詩人*ハックレンデルが当世の奴隷と言ったように、はかないのは舞姫の身の上である。僅《わず》かな給金で繋《つな》がれ、昼のおさらい、夜の舞台ときびしく使われ、芝居の化粧部屋に入ってこそ紅白粉《べにおしろい》で粧《よそお》い、美しい衣服をも纏《まと》うが、外に出ればひとり身の衣食も足らずがちであるから、親きょうだいを養なわなければならぬ者は、その辛苦はどのようなものであろうか。だから彼等の仲間で賤しい限りの仕事に堕《お》ちない者は稀《まれ》であると言われている。エリスがこうならなかったのはおとなしい性質と、剛気な父の保護によってである。彼女はさすがに幼い時から書物を読むのは好きであったが、手に入るのは卑しい*「コルポルタアジュ」と呼ぶ貸本屋の小説だけで

＊ハックレンデル Friedrich Wilhelm von Hackländer (1816〜1877) ドイツ・ロマン派に属するドイツの詩人、小説家。「当世の奴隷」は長編小説「ヨーロッパの奴隷的生活」(オイロペーイッシェス・スクラーベンレーベン、一八五四年刊)による。鷗外に『ふた夜』(明治23・1)の翻訳がある。

＊コルポルタアジュ Col-

あったが、私と知り合う頃から、私が貸してやる書物を読み習って、漸く面白さも知り、言葉の訛をも正し、何ほども経たないうちに私に寄越す手紙にも誤字が少なくなった。こういうわけであるので、私たち二人の間にはまず師弟の交わりが生まれたのであった。私の思いがけない免官のことを聞いた時に、彼女は色を失った。私は彼女がこんどの私の身の上のことに関係しているということは包みかくしたが、彼女は私に向って、母にはこのことを匿《かく》しておいて下さいと言った。これは彼女の母親が、私が学費を失ったことを知ったら、私を疎《うと》んじるようになるのではないか、そのことを恐れたからである。

ああ、くわしくここに書き記す必要もないが、私の彼女を愛する心が俄かに強くなって、ついに離れ難い間柄となったのはこうした折であった。わが一身上の大事は

portage（仏）　行商風の貸本屋か。

前に横たわっており、まことに危急存亡の秋《とき》であるのに、このようなことがあったのをあやしみ、また誹《そし》る人もあるであろうが、私がエリスを愛する情は、初めて会った時より決して浅くなっていないところへ、いま私の不幸を憐み、また別れを悲しんで伏し沈んだ面に、鬢《びん》の毛の解けてかかっている、その美しくいじらしい姿は、私の悲痛感慨の刺激によって平常でなくなっていた脳髄を射て、自分でもよく判らない間に、このようなことになってしまったのであり、いかんともし難いことであったのである。

公使に約した日も近づき、私の運命は極まった。このままで日本に帰れば、学成らないで、しかも汚名を負った身の浮かぶ瀬のあろう筈はない。そうかと言って、ここに留まるにしても学資を得る手だてはない。

この時、私を助けてくれたのは一緒にこちらにやって来た同行の一人である相沢謙吉である。彼は今は東京に在《あ》って、既に天方伯《あまがた》の秘書官になっていたが、私の免官のことが官報に出ていたのを見て、某新聞社の編輯長に説いて、私をその新聞社の通信員として、伯林《ベルリン》に留まって政治、学芸のことなどを報道させるようにしてくれたのである。

新聞社の報酬は言うに足らぬほどの少額ではあるが、住居もやすい所にうつし、午餐《ひるげ》に行く食堂もかえたりしたら、ささやかな暮しはたつであろう。あれこれ思案している時、心の誠をあらわして、助けの綱を私に投げかけてくれたのはエリスであった。彼女はどのように母を説き動かしたのであろうか。私は彼女ら親子の家に寄寓することになり、エリスと私はいつとはなしに、あるかなきかの収入を合せて、憂きがなかにも楽しい月日を送るようになった。

朝のコーヒーが終ると、彼女はおさらいに行き、おさらいのない日は家に留まっていた。私は*キョオニヒ街の間口がせまく、奥行きだけたいへん長い*休息所に出掛けて行き、あらゆる新聞を読み、鉛筆をとり出して、あれこれと材料を集めた。このきり開いた引窓から光の入ってくる部屋で、定職のない若者、さして多くもない金を人に貸して自分は遊び暮している老人、取引者の仕事のすきをぬすんで休みに来る商人、こうした人たちと臂《ひじ》を並べ、ひんやりした石のテーブルの上で、せわしげに筆を走らせ、給仕女が持ってくるいっぱいのコーヒーのさめるのも構わず、あいた新聞をはさんだ細長い板が、幾種となく掛け連《つら》ねてある向うの壁に、幾度となく往来す

＊キョオニヒ街 König ウンテル・デン・リンデンの東端の東南に位置するシュロス広場からシュプレー川に架るランゲ橋の対岸の東北東に延びる街。アルトベルリンの中心街。

＊休息所 Ruhestätte 三好行雄語注に「新聞縦覧所を兼ねる」（近代文学注釈大系『森鷗外』昭和四十一年一月、有精堂）とある。

＊掌上の舞 身のこなしのごく軽やかな舞。「飛燕外伝」に「漢ノ趙飛燕、能ク掌上ノ舞ヲ作ス」とある。

＊ビョルネ Ludwig Börne（1786～1837）青年ドイツ派の作家。ドイツ官憲の弾圧を逃がれてパリに住み、「パリー通信」等、

る日本人を、知らぬ人は何と見ていたであろうか。また、こうして一時間近く経つと、おさらいに行った日にはかえり路に立ち寄って、私と一緒に店を出て行くたいへん軽い、*掌上の舞をもなすことができそうな少女を、怪しみ見送る人もあったことであろう。

わが学問は荒《すさ》んだ。屋根裏の一つの燈火がかすかに燃えて、エリスが劇場から帰って椅子に寄って縫物などする傍の机で、私は新聞の原稿を書いた。以前の法令条目の枯葉を紙上に掻き寄せたのとは異って、今は活発な政界の運動、文学美術にかかわる新現象の批評など、あれこれ結びあわせて、力の及ぶ限り、青年ドイツ派の作家*ビョルネより寧ろ*ハイネを学んで想を練り、いろいろの文章を綴ったが、その中でも、引続いてウイルヘルム一世と*フレデリック三世との崩御があって、*新帝の即位、

既成の権威に反抗し、自由を求める激しい政治的文学評論を発表。

＊ハイネ Heinrich Heine (1797〜1856) ドイツの詩人・評論家。素朴な民謡的恋愛詩「歌の本」で有名になり、一八三〇年パリに移住。病苦を押して痛烈な諷刺をもって反動と闘い、客死。マルクスとも交友がある。詩「アッタ＝トロル」「ドイツ冬物語」。

＊フレデリック三世 Friedrich III (1831〜1888) 一八八八年三月、父ウィルヘルム一世の死去とともに即位したが、わずか三ヶ月で死去。

＊新帝 ウィルヘルム二世 Wilhelm II (1859〜1941) フレデリック三世の子。第一次大戦の中心人物であったが、敗れて退位。日本では専らカイゼルとして知られている。

＊ビスマルク侯の進退如何などの事については、ことさらに詳細な報告をしたものである。従ってこの頃からは思っていたより忙しくなって、多くもない蔵書をひもどいて、曾《かつ》ての学問の中に入ってゆくことも難しく、大学の籍はまだけずられてはいないが、月謝を収めるのがたいへんで、ただ一つにした講義にさえ出席して聴講することは稀《まれ》であった。

わが学問は荒んだ。しかし私は別に一種の見識を持つようになった。それはどういうものかと言うに、凡《およ》そ民＊間学の流布《るふ》した点では、欧州諸国の間で独逸《ドイツ》に及ぶところはないだろう。幾百種の新聞雑誌に散見する議論には頗る高尚なるものが多いが、私は通信員となった日から、曾て大学に繁く通った当時養うことができた眼識によって、読んではまた読み、写してはまた写してゆくに従っ

＊ビスマルク侯 Otto Eduard Leopold von Bismarck (1815~1898) ウィルヘルム一世を援けてドイツ統一を達成。ドイツ帝国宰相となりヨーロッパの外交の主導権を握り、三国同盟成立などに努力。内政では保護関税政策をとり産業を育成、社会主義運動を弾圧。鉄血宰相と言われた。

＊民間学 アカデミック(官学)に対して言う。ここでは、ジャーナリストの批評、研究の類を指す。

て、今まで一筋の道だけを走っていた知識は、自然に綜括的になって、同郷の留学生などの大方が夢にも知らぬ境地に到達することができた。彼等の仲間には独逸新聞の社説さえよくは読めないのが居るのに。

明治二十一年の冬はやってきた。中心街の人道であれば沙《すな》をまいたり、すきを振って雪をかいたりしてあるが、クロステル街のあたりはでこぼこの烈しい所は見えるが、表面は一面に凍って、朝戸を開けると、飢えこごえた雀が落ちて死んでいるのも哀《あわ》れである。部屋を温《あたた》め、竈に火を焚きつけても、壁の石をもとおし、衣類の綿にも穴をあける北ヨーロッパの寒さは、なかなかどうして堪え難いものである。エリスは二三日前の夜、舞台で卒倒したということで、人に扶《たす》けられて帰って来たが、それより気分悪いということで休み、もの食べる度に吐くのを、悪阻《つわり》というものであろうと、初めて気付いたのは母親であった。ああ、それでなくてさえ覚束ないわが身の行末であるのに、もし悪阻が本当ならどうしたらいいであろうか。

今朝は日曜なので家に居るけれど、心は楽しくない。エリスは床に臥すほどではないが、小さい鉄炉の傍に椅《い》子《す》を寄せて、言葉すくなである。この時戸口に人の声がして、程なく台所に居たエリスの母は、郵便の手紙を持って来て私に手渡した。見ると見覚えのある相沢の筆蹟であるが、郵便切手はプロシアのもので、消印は伯林《ベルリン》になっている。ふしぎに思って開いて読むと、急のことで預《あらかじ》め報すことはできなかったが、昨夜ここに到着された天方《あまがた》大臣に附き添って、私もやって来た。伯爵が君に会いたいと言っておられるので、すぐ来て貰いたい。君が名誉を恢復するのもこの時であるべきである。気持だけが急がれて、用事だけを言い遣《おく》るとしてある。読みおわって茫然としている面もちを見て、エリスは言った。「故郷からの手紙ですか。よもや悪い手紙では」、彼女は例の新聞社の報酬に関する書状と思ったのであろう。「いいや、心配しなくていい。あなたも名を知っている相沢が、大臣と一緒にここに来て、私を呼んでいるのである。急ぐと言っているから、今からでも」

可愛いひとり子を出し遣《おく》る母親も、このようには心を使わないだろう。大臣に面会もするであろうと思えばこそであろう。エリスは病気を押して起きて、上襦袢《うわじゅばん》も極めて白いのを選び、丁寧にしまってあったフロックコートという二列ボタンの服を出して私に着せ、襟飾りさえ私のために自分の手で結んだ。

「これで見苦しいとは誰も言うことはできない。わたしの鏡に向って見てごらんなさい。なぜそんなに浮かない顔をお見せになっているの、わたしも一緒に連れて行って戴きたいのに」。少し様子を変えて、「いいえ、このように服をお変えになったところを見ると、わたしの豊太郎の君とは見えない」。また少し考えて「たとえ富貴の身におなりになる日はあっても、わたしをお見棄てにならぬように。わたしの病が母の言うような妊娠ではないにしても」

「なに、富貴」、私は微笑して「政治社会などに出ようという望みを絶ってから大分経っているのに！　大臣は見たくもない。ただ年久しく別れている友には逢いたい。

逢いに行くのである」。エリスの母が呼んだ一等辻馬車は輪の下できしる雪道を走って、窓の下まで来た。私は手袋をはめ、少し汚れている外套を背に負って、手は通さず、帽子を手にし、エリスに接吻して階下に降りた。彼女は凍った窓をあけ、乱れた髪を北風に吹かせて私が乗った車を見送った。

私が車をおりたのは「カイゼルホオフ」*の入口である。受付で秘書官相沢の室の番号を訊《き》いて、久しく踏んでいない大理石の階段を登り、中央の柱に「プリュッシュ」*をかぶせたソファを据えつけ、正面には鏡を立ててある次の間に入った。外套《がいとう》はここで脱ぎ、廊下をつたわって部屋の前まで行ったが、私は少しためらいしりごみした。同じように大学に在《あ》った日に、私の品行の方正であるのを激賞した相沢が、今日はいかなる顔で出迎えるであろ

＊カイゼルホオフ　Kaiserhof（独）ベルリン最高のホテル。ブランデンブルク門から東南へ約六〇〇メートルのウィルヘルム広場にある。
＊プリュッシュ　Plüsh（独）ビロードに似て長く柔らかなけばのある絹の布。

う。室に入って対《む》かい合ってみれば、体こそもとにくらべれば肥えて逞《たく》ましくなってはいるが、依然変らぬ快活な気象、わがしくじりをさまで意に介していなかったと見える。一別以来の気持を述べる暇《いとま》もなく、案内されて大臣に謁し、委托されたのは独逸語で記してある文書が急に必要なので翻訳せよとのことであった。私が文書を受けとって大臣の室を出た時、相沢はあとから来て、私と午餐《ひるげ》を共にしようと言った。

食卓に於ては彼が多く訊《き》いて、私が多く答えた。彼の人生行路は概ね平坦であったが、世にいれられないで不遇なのは、私の身の上の方であったからである。

私が胸を開いて物語った不幸なこれまでの過去を聞いて、彼は度々驚いたが、なかなか私を責めようとはせず、却《かえ》って他の凡庸な諸先輩を罵った。しかし話がおわった時、彼は気色を正して諫《いさ》めるには、この一段のことはもともと生れながらの弱い心から出たことなので、今になっては何と言っても遅い。とは言え、学識があり、才能あるものが、いつまでも一少女の情にかかずらって、目的のない生活をなすべきであろうか。今は天方伯もただ独逸語を利用しようという心だけである。自分もまた伯が当時の免官の理由を知っているので、強いてその先入観を動かそうとはしない。伯が心中で非をかばう者かなんぞのように思われては、友にも利なく、自分も損であるからである。人を推薦《すいせん》するのはまずその能力を示すのが一番いい。これを示して伯の信用を得ることである。また彼の少女との関係は、たとえ彼女に真心があっても、たとえ交りは深くなっていても、相手の人物、才能を知っての上の恋ではない。留学生の慣習によって生れた一種の惰性的交りである。意を決して、交りを断て！これがその言葉のあらましであった。

大洋で舵《かじ》を失った船人が遥《はる》かな山を望むような、この話は、相沢が私に示した前途の方針である。しかし、この山はなお厚い霧の間にあって、いつ往きつこうとも、いや果して往きつき得るであろうかとも、私の心に満足を与えるかどうかもはっきりしていない。貧しい中でも楽しいのは今の生活、棄て難いのはエリスの愛、私の弱い心では思い定めよう方法もなかったが、しばらく友の言葉に従って、この情縁を断《た》とうと約したのであった。私は守る所を失うまいと思って、自分に敵するものには抵抗するが、友に対しては否と言って立ちむかえないのが常である。

別れて外に出ると、風が面《おもて》を撲《う》って来た。二重《ふたえ》の玻璃《ガラス》窓をきつく鎖《とざ》して、大きい陶炉に火を焚《た》いていたホテルの食堂を出たのであるから、薄い外套をとおる午後四時の寒さは殊さらに堪え難く、膚《はだ》が粟立つと共に、私は心の中に一種の寒さを感じた。

翻訳は一夜でやりおえた。「カイゼルホオフ」に通うことはこれから漸く繁くなって行ったが、それに従って、初めは伯の言葉も用事だけであったが、しまいには近頃日本であったことなどを挙げて私の意見を訊《き》き、折にふれては旅行中に人々の失敗のあったことなどを口に出して、お笑いになることもあった。

一カ月ほど過ぎて、ある日、伯は突然私にむかって、「余は明日の朝、魯西亜《ロシア》に向って出発する。随行としてついて来ないか」と問われた。私は数日間、あの公務に忙しい相沢と会っていなかったので、この伯の問いは突然だっただけに私を驚かせた。「どうして御命令に従わないことがありましょう」。私は私の恥を書き記そう。この答はいち早く決断して言ったのではない。私は自分が信じて頼む心を生じた人に、突然ものを問われた時は、咄嗟《とっさ》の間に、その答の範囲をよくも計算しないで、すぐ承諾してしまうことがある。そして承諾してしまった上で、それの為《な》し難いことに気付いても、強いて承諾した時の思慮の足りなかったことを掩《おお》い隠し、我慢してこれを実行すること屢々《しばしば》である。

この日は翻訳の代に、旅費さえ添えて貰ったのを持ち帰って、翻訳の代の方はエリスに預けた。これで魯西亜《ロシア》から帰ってくるまでの費用は支えることができるであろう。彼女は医者にみて貰ったら普通の体ではないという。貧血の性であったので、幾月か心付かないでいたのであろう。座頭《ざがしら》からは休むことが余りに長いので籍をのぞいたと言って寄越したという。まだひと月ばかりなのに、このように厳しいのは何か別の理由があるからであろう。私の旅立ちのことにはひどく心を悩ますようにも見えない。偽りない私の心を厚く信じているからである。

鉄道ではそう遠くもない旅なので、用意といったものもない。身に合せて借りた黒い礼服、新たに買い求めた*ゴタで出版された魯西亜《ロシア》宮廷の貴族名簿、二三種類の辞書などを小さい鞄《かばん》に入れただけである。さすがに心細いことだけが多いこの頃であるから、私が出て行ったあとに残るのももの憂いことであろうし、また停車場で涙などこぼされたりしたら気がかりでもあろうと思って、翌

＊ゴタ Gotha　ベルリン西南、チューリンゲン地方の都市。

朝早くエリスを母につけて知人の許《もと》に出してやった。私は旅装を整えて、戸を鎖《とざ》し、鍵を入口に住む靴屋の主人に預けて、家を出た。

魯国行については、何事を記すべきであろうか。わが通訳なる任務はたちまちにして私を拉《らっ》し去って、青雲の上におとしてしまった。私が大臣の一行に随って、首都*ペエテルブルクに居た間に私を取り巻いていたものは、巴里第一級の奢《おご》りを氷雪の中に移したとしか思えない王城の飾り、さながら黄蠟の燭を幾つともなくともしたようなたくさんの勲章、たくさんの「エポレット」(肩章)が映射する光、彫刻、彫金の技術の粋をつくしている「カミン」(壁暖炉)の火に寒さを忘れて使う宮女の扇の閃《ひらめ》きなど。こうしている間仏蘭西《フランス》語を最も円滑に使う者は私であるので、客と主人の間に立って事を取り仕切る

＊ペエテルブルク Peter-burg 帝政ロシアの首都。革命後レニングラードと改称。現在のサンクト・ペテルブルクのこと。

のも、その多くは私であった。

こうしている間も、私はエリスを忘れなかった。いや、彼女は毎日手紙を寄越したので忘れることはできなかったのである。私が出立した日には、いつになく独りで燈火に向っているのも心憂いので、知人の許で夜になるまで話していて、疲れるのを待って家にかえり、すぐ寝てしまった。次の朝、眼を覚ました時は、依然として独りあとに残っていることは夢ではないかと思った。起き出した時の心細さ、このような思いは、生活に苦しんで、その日の食がなかった時にも味あわなかったものである。これが彼女の第一の手紙のあらましである。

また暫《しば》らく経ってからの手紙は、たいへん思い迫《せま》って書いたもののようであった。手紙を〝否〟という言葉で書き出している。いいえ、あなたを思う心の深き底を、私は今こそ知った。あなたが故里に頼みになる親族がないとおっしゃる場合は、この地によい世渡りの手段があれば、この地にお留まりにならぬことはないでしょう。また私の愛情でも繋《つな》ぎ留めないではおきません。それも満足しないで東へお帰りになるというなら、親と一緒に行くのは簡単ですが、一行三人というこれほど多い旅費をどこから得ましょうか。いかなる仕事をしてもこの地に留まって、あなたが世にお出になる日を待とうといつも思っていましたが、暫らくの旅と言って御出立になってからこの二十日あまり、お別れしている淋しい思いは日に日につのってゆくばかりです。袂《たもと》を分つのはただ一瞬の苦しさだと思ったのは間違いでありました。わたしの体の普通でないのは漸くはっきりして参りました。そういうこともあるのですから、たとえいかなることがあっても、私をゆめお棄てになるようなことがないように。母とは烈しく争いました。しかし、わたしの身が過ぎてきた昔とは違って、母は母なり決心したのを見て心は折れました。わたしが東へ行くようになったら、ステッチン*あたりの農家に遠い縁者があるので、母はそこに身を寄せようと言うのです。お手紙にあったように、大臣の君に重く用いられるようにおなりになったら、わたしの旅費は何とかなるのでしょう。今はひたすらあなたが伯《ベル》林《リン》にお帰りになる日を待つだけです。

ああ、私はこの手紙を見て初めて自分の現在の立場をはっきりと見ることができた。恥かしいのはわが鈍き心である。私はわが身一つの進退についても、またわが身に関係のない他人のことについても、決断できると自ら心に誇っていたが、この決断は順境にある時だけのこと

＊ステッチン Stetin　ドイツの北東部、オーデル河口附近にある都市シチェチンをさす。〈現在はポーランド領〉（嘉部嘉隆・檀原みすず編『森鷗外集　独逸三部作』、和泉書院）

で、逆境の時には通用しない。自分と人との関係を照そうとする時は、頼みにしていた胸中の鏡は曇ってしまう。大臣は既に私を厚く遇してくれている。しかしわが近眼はただ自分が尽した職分のことだけを見ていたのである。私はこれに未来の望みを託すというようなことには、神もご存じの通りいささかも想い到らなかった。しかし今このことに気付いて、わが心はなお冷然としていたであろうか。以前友が勧めてくれた時は、大臣の信用は屋*上の鳥のように手の届かないところにあったが、今はやこれを得たかのように思われる。そういう状態のところに、相沢がこの頃の言葉の端《はし》に、本国に帰ったあとも共にこのようにしていたら云々と言ったのは、大臣がこのように仰せになったのを、友ではあるが、公事なので明らかには私に告げなかったのではないか。今にして思

＊屋上の鳥　得ようとして確実に摑めないもののたとえ。嘉部嘉隆の語注に「ドイツの諺に〈屋上の鳩は手中の雀に如かず〉とある」。

えば、私が軽率にも彼に向ってエリスとの関係を絶とうと言ったのを、彼はすぐ大臣に告げたのではないか。

ああ、独逸に来た初めに、自ら自分の本領を悟ったと思って、再び器械的人物にはなるまいと誓ったが、これは足をしばって放たれた鳥が暫らく羽を動かして自由を得たと誇ったと同じようなことではないか。足の糸は解くわけにはゆかない。さきにこれを操ったのは、わが某省の長官であったが、今はこの糸、ああ哀れなことよ、天方伯の手中にある！　私が大臣の一行と倶《とも》に伯林《ベルリン》に帰ったのは、折も折、まさに新年の朝であった。停車場をあとにして、わが家をさして車を走らせた。この伯林では今も除夜には眠らず、元旦に眠る慣わしなので、家という家はどこも静まり返っている。寒さはきびしく、路上の雪は稜角のある氷片となって、晴れた陽光に照らされて、きらきらと輝いている。車はクロステル街に曲って、家の入口にとまった。この時窓を開く音がしたが、車からは見えない。駆丁《ぎょてい》に鞄を持たせて階段を登ろうとした時、階段を駈《か》けおりてくるエリスとぶつかった。彼女が一声叫んでわが頸を抱くのを見て、駆丁は呆れた面もちで、何か髭のうちで言ったが聞えなかった。「よく帰っていらっしゃった。お帰りにならなかったら、わたしの命は絶えたのでしょうに」。

私の心はこの時までも決まっていず、故郷を憶《おも》う気持と栄達を求める心とは、時には愛情をおしつぶそうとしていたが、ただこの一刹那、しりごみためらっていた思いは去って、私は彼女を抱き、彼女の頭はわが肩に寄って、彼女の喜びの涙ははらはらと肩の上に落ちた。

「何階に持ってゆくのか」と、銅鑼《どら》の音のような大声で叫んだ馭丁は、いち早く登って階段の上に立った。戸の外まで出迎えたエリスの母に、馭丁をねぎらってやって下さいと銀貨を渡して、私は手をとって引くエリスに伴われて、急いで部屋に入った。あたりにちらっと眼を向けて、私は驚いた。机の上には白い木綿、白いレエスなどが、うずたかく積み上げられてあったから。

エリスは笑いながらこれを指して、「どうごらんになります？　この心がまえを」と言いながら一つの木綿ぎれを取り上げるのを見れば*襁褓《むつき》である。「私の心の楽しさを想像して下さい。産れる子はあなたに似て黒い瞳《ひとみ》を持っているでしょう。この瞳、ああ、夢でいつも見たのはあなたの黒い瞳です。その黒い瞳を持った子が生れたら、あなたは正しい心で、よもや私生児などにして、他の名を名乗らせたりはなさらんでしょう」、彼女は頭を

＊襁褓　産着。

垂れた。「いとけなし*とお笑いになるかも知れませんが、洗礼を受けに教会に入る日はどんなに嬉れしいことでありましょう」、見上げた眼には涙があふれていた。

二三日の間は旅の疲れもおありかと大臣をも訪ねず、家だけに籠《こも》っていたが、ある日の夕方、使があって招かれた。行ってみるとお覚えは殊にめでたく、魯西亜行きの労を慰めて下さった後、自分と共に日本にかえる気持はないか、君の学問について私は測り知ることはできないが、語学だけで世の用には足りるだろう。この地に留まることが余りにも長いので、さまざまなひっかかりもあろうと、相沢に訊《たず》ねたところ、そのようなことはないと聞いて安心したとおっしゃる。その様子は辞退などで

＊いとけなし　おさない。あどけない。

きるようなものではない。それでもすんでのところで本当のことを言おうと思ったが、さすがに相沢の言葉をうそだとも言いにくく、そういうところに、もしこの救いの手にすがらない場合は、本国をも失い、名誉を挽回する道をも絶ち、身は広漠たる欧州大都の人の海の中に葬られてしまうであろうと思う念が心頭を衝《つ》いて起った。ああ、何といういささかの操もない心であることか、「承知いたしました」と答えたのは。

　黒がねのようなあつかましい顔はしているが、帰ってエリスに何と言おうか、ホテルを出た時の私の心の錯乱は、たとえようにも、たとえるもののない状態であった。私は道の東西をも判別できないで思い沈んで歩いてゆくうちに、行きあう馬車の馭丁に幾度かどなられ、驚いて飛びのいた。暫くして、ふと辺りを見ると、ティヤーガルテンの傍に出ていた。倒れるように路傍の腰掛に身を寄せて、灼《や》くように熱し、槌《つち》にでも打たれるように響いている頭を腰掛の背にもたせ、死んだような有様でどれだけの時間を過したのであろう。烈しい寒さが骨にしみ込んでいるのを感じて正気になった時は、夜になっていて、雪は烈しく降り、帽子の庇《ひさし》、外套の肩には雪が一寸ばかりも積もっていた。

もはや十一時をも過ぎたであろう。モハビット*、カル*ル街通いの鉄道馬車の軌道も雪に埋もれ、ブランデンブルゲル門の畔《ほとり》の瓦斯《ガス》燈は寂《さび》しい光を放っていた。立ち上がろうとしたが、足が凍《こご》えているので両手で擦《さす》って、漸く歩けるほどになった。

足の運びが捗らないので、クロステル街まで来た時は夜半を過ぎていたであろう。ここまでの道を、どのよう

＊モハビット Moabit ブランデンブルク門の西北、シュプレー川北岸を東に走る通り。

＊カルル街 Karl ウンテル・デン・リンデンの北、シュプレー川の北岸を西に走る通り。小泉浩一郎の注解によれば、「当時、ブランデンブルク門の外を南北に走る鉄道馬車の軌道は、ケーニッヒ広場の北で西へ行くモアビット行きと東へ

にして歩いて来たか知らない。一月上旬の夜なので、ウンテル・デン・リンデンの酒家、茶店はなお人の出入りが盛んで賑わしくあったのであろうが、いささかも覚えていない。私の頭の中には、ただただ自分はゆるすべからざる罪人であると思う心だけが、満ち満ちていたのであった。

四階の屋根裏には、エリスはまだ寝ないでいるらしく、光りかがやいている一つの燈火、暗い空にすかせばはっきりと見えるが、降りしきる鷺《さぎ》の羽のような雪片に、たちまち掩《おお》われ、またたちまちあらわれたりして、風にもてあそばされているようなものである。戸口に入ってから疲れを覚え、体の節《ふし》の痛みに我慢できなくなって、這うようにして階段を登った。調理場を通り、部屋の戸を開けて入ったが、机に倚《よ》って襁褓《むつき》を縫っていたエリスは

行くカルル街行きとに分岐していた」（『森鷗外集　新日本古典文学大系明治編25』、二〇〇四年七月、岩波書店）という。

振り返って、「あ！」と叫んだ。「どうなさったんですか、あなたの姿は」。

驚いたのも尤《もっと》もなことである。死人と同じ蒼然としたわが顔色、帽子はいつか失い、髪はぼうぼうと乱れ、何度も道でつまずき倒れているので、衣服は泥まじりの雪で汚れ、ところどころ裂けていたのだから。

私は答えようとしたが声は出ず、膝がしきりと震えて立っていることができないので、椅子につかまろうとしたまでは覚えているが、そのままそこに倒れてしまった。

人心地がついたのは数週間あとであった。熱が劇《はげ》しく譫語《うわごと》ばかり言っていたのを、エリスはねんごろに看病してくれていたが、ある日相沢が訪ねて来た。相沢は私が彼にかくしておいた一部始終を詳しく知ったが、大臣には病気のことだけを告げ、あとはいいようにとり繕《つくろ》っておいてくれたのであった。私は初めて病床につき添ってくれているエリスを見て、その変った姿に驚いた。彼女はこの数週の間にひどく痩せて、血走った眼はくぼみ、灰色の頬の肉は落ちていた。相沢の援助で毎日の生計にはこまらなかったが、この恩人は彼女を精神的に殺してしまったのであった。

あとで聞けば彼女は相沢に逢った時、彼から私が相沢に与えた約束を聞き、またあの夕べに私が大臣に承諾の返事を言上したことを知ると、急に座より躍り上がり、顔の色はさながら土のようになって「私の豊太郎の君は、このようにまで私を欺《あざむ》いておられたのか」と叫び、その場に倒れてしまったということであった。相沢は母を呼んで、一緒に彼女をたすけて寝台の上に寝かせたが、暫くして醒《さ》めた時は眼はまっすぐを見たままで、傍の人を見分けることはできず、私の名を呼んではひどく罵り、髪をむしり、蒲団を噛んだりしていたが、また急に正気になった様子で、何か物を探し求めた。母親が取って与えるものはことごとく投げ打ったが、机の上にあった襁褓《むつき》を与えた時は、手でさぐってみて、顔に押しあて、涙を流して泣いた。

これ以後騒ぐことはなくなったが、精神の働きは殆ど全くなくなってしまって、その愚かなことは赤子のようであった。医者に見せたが、過剰な心労によって急に起った「パラノイア*」という病気であるから、癒る見込みはないという。ダルドルフ*の癲狂院《てんきょういん》に入れようとしたが、泣き叫んできかず、そのあとはあの襁褓一つを身に抱いて、幾度か出しては見、見てはすすり泣く。私の病床からは離れないが、これとて心があってやっているとは見

＊パラノイア Paranoia（独）妄想症。嘉部嘉隆は「精神医学の学界で、このように訳語が統一されているとすれば、『舞姫』における注釈もそれに従うべきであろう。」という指摘によって、従来の「偏執症」から「妄想症」に変える。

＊ダルドルフ Dalldorf ベルリンの北約一〇キロにある町。精神病院があった。（須藤松雄語注、『森鷗外全集』第一巻、昭和三十四年三月、筑摩書房）

えない。ただ時折、思い出したように「薬を、薬を」と言うだけである。

私の病気は完全に癒った。エリスの生ける屍《かばね》を抱いて、夥しい涙を流したのは幾度であろうか。大臣に随って帰国の途にのぼる時は、相沢と相談してエリスの母にわずかな生計を営むに足るだけの金を与え、哀れな狂女の胎内に遺した子の生れる折のことも頼んでおいたのであった。

ああ、相沢謙吉のような良友は、世に再び得難いことであろう。しかし、そうは言うものの、私の脳裡に一点の彼を憎む気持は今日まで残っているのである。

〔訳者覚え書〕

この訳出にあたって、三好行雄氏の注釈（日本近代文学大系・森鷗外集・角川版）を参考にさせていただいた。ここに深く謝意を表する次第である。

解説

山崎一穎

㈠『舞姫』を読むための補注

（Ⅰ）既に久しくこの自由なる大学の風に当りたればにや、心の中なにとなく妥ならず、奥深く潜みたりしまことの我は、やうやう表にあらはれて、きのふまでの我ならぬ我を攻むるに似たり　三年を経過して豊太郎は過去の自分の生き方に疑問を覚えるようになる。それは近代都市ベルリンの大学という自由な雰囲気の内に醸成され、日本の官僚機構と「家」の束縛から切り離されている異郷で可能になったのである。所動的人物から能動的人物への新生の過程を、「我ならぬ我」と「まことの我」との葛藤において捉えている。従来の価値観、人生観の基礎が揺さぶられ、新しい価値体系を生み出す陣痛を表現している。少くとも「攻むるに似たり」であって「攻めたり」ではない。この文の前後から豊太郎の近代的自我の覚醒を見るのが一般的な解釈であるが、独自の読みをする人もいる。

例えば三好行雄は、「《嗚呼、彼も一時。舟の横浜を離るゝまでは、天晴豪傑と思ひし身も、せきあへぬ涙に手巾を濡らしつるを我れ乍ら怪しと思ひしが、これぞなか〳〵に我本性なりける。》船出の日には〈我れ乍ら怪し〉としか思えなかった未練なこころが、いまは〈我本性〉として自覚される。それは〈弱くふびんなる心〉〈特操なき心〉などといいかえられながら、覚醒した自我の内部にひそむ脆弱な部分として、悲劇の誘因を形成してゆくことになる。人間の自律性にめざめた擬似的な自我が、昨日までの生きざまを責める瞬間は確かにあったにちがいない。しかし、それは性格の弱さまでを克服することができなかったのである。という意味で、『舞姫』のテーマは近代自我の確立と挫折のドラマにあるとする従来の読み方には、若干の留保が付されていいと思う。」(井上靖訳・編『森鷗外・舞姫　雁』〈明治の古典8、昭和57・3、学習研究社〉所収の『鷗外の作品世界』)と述べている。

また山口昌男は、次のように述べている。

自我の、少なくとも二元性ぐらいは考えたほうが、こういう作品は捉えやすくなるのではないか。アメリカのプラグマティズムの哲学者で、今日の記号論の先駆者の一人であるジョージ・ハーバード・ミードが、『マインド・セルフ・アンド・ソサエティ』（『心・自我・社会』）という論集の中で、次のようなことを説いているんです。「私」というのは二つある、それは、MeとIだと。Iは、源泉は自分になくて、社会的に期待されたものに合わせて出来ていく「私」という自我である。それに対してMeは、自分の内側にあり、ある意味では排他的であるかもしれないけど、自分の内に向いている自我であると。

これは僕は、最近前田さんもよく読んでおられるクリステヴァの、ル・サンボリック（表象作用）とル・セミオティック（前記号作用）に対応すると思うんです。

I——つまり社会的自我がル・サンボリック（表象作用）とすると、Meが、ル・セミオティック（前記号作用）と。そういう形で対応する概念だと思う。だから一種のダイナミックな記号をいう場合、役に立つ有効な概念として、特に『舞姫』を考える場合は、この二つの自我を最低想定しておいたほうがいいのではないか。自我の確立とか、そういう形ではなく、二つの自我の間の移行だと捉えたらどうか。要するに、Iという自我とMeという自我があって、前田さんが都市にこと寄せて分析した自我。それがさらに、近代日本におけるエリート知識人が確立しようと思っていた自我がIに属するのであって、そこから出て行ったところで出会う自我が、Me的なものである。

だからこれは、いわゆる生物学的にいうダイナミズムではなく、シフト——移行という形で捉えることが可能なんじゃないか。そのほうが都市の二つの相に合うんじゃないか。つまり移行は、内なるMe、あるいは深層の自我に戻っていく。しかし、さらにまた表層の自我に連れ戻されるという、そういう形で自我という言葉を使っていったほうが、自我の確立という一元的な自我に対する視点より有効になるのではなかろうか、というのが僕の考えです。

（「国文学　解釈と教材の研究」《鷗外その表現の神話学》〈第27巻第10号、昭和57・7、学燈社〉掲載の〈対談・山口昌男／前田愛〉『「舞姫」の記号学』）

なお、南博『日本的自我』〈岩波新書〉（一九八三年九月、岩波書店）も参考になる。見る自分「主我」と見られる自分「客我」に分ける。さらに「客我」において、自分から見られる自分（自己反省、自己批判など）を「内的客我」と呼び、他人から見られる自分を「外的客我」と呼んでいる。

山口昌男、南博の見解を踏まえれば、〈自我〉と言う時、対自的自我と対他的自我の二面を考えて置かねばならない。

（Ⅱ）薄暗き巷　鷗外は『独逸日記』の明治二十年六月十五日の条に「居を衛生部の傍なる僧房街 Klosterstrasse に転ず。（中略）これに遷るには様々の故あり。公には衛生部に近きが故なりと云へど、是は必ずしも主たるにあらず。……今の居は府の東隅所謂古伯林 Alt-Berlin に近く、或は悪漢淫婦の巣窟なりといふものあれど、交を比鄰に求むる意なければ、屑とするに足らず。喜ぶ可きは、余が家の新築に係り、宏壮なることなり」と記している。

前田愛は次のように述べている。

太田豊太郎がエリスと出会うクロステル街は、ウンテル・デン・リンデンとはまったく異質な空間として意味づけられている。ウンテル・デン・リンデンの大通りが、へだたりとひろがりをもったモニュメンタルな空間であるとすれば、こちらは内側へ内側へととぐろを巻いてまわりこむエロティックな空間である。（中略）しかし、クロステル街そのものは、古《アルト》ベルリン地区では明るく開けた大通りのひとつだった。『舞姫』に描かれた〈狭く薄暗き巷〉の実景は、むしろクロステル街周辺の裏通りにのこされていた。たとえば、マリエン教会の筋向いから西北に通ずる横町で、中世の遊廓だったローゼン通りである。あるいは、パロヒアル教会のところでクロステル街と交叉しているパロヒアル通り。通り《シュトラッセ》というより路地《ガッセ》と呼んだ方がいいこの狭い横町には、地下室で営業する靴屋が密集し、路上には切りきざまれた原料の皮革が散乱していた。それにモンケンマルクトからシュプレー河畔に通ずるクレーゲル路地が加えられる。とりわけ、クレーゲル路地は、一九三四年に改修されるまで、古ベルリン地区のなかでも、もっとも中世の俤をとどめている陋巷として知られていた。（中略）〈クロステル巷〉の描写は、この〈悪漢淫婦の巣窟〉というイメージにあわせて、意識的に再構成されたものではないだろうか。三百年前の遺跡と伝えられる古寺院を貧街にとりあわせることで中世の雰囲気を呼びこむという工合にである。(中略) 鷗外は、〈クロステル巷〉を特定の場所を指し示す名辞であるよりも、古《アルト》ベルリンの暗鬱な街のイメージ総体を表徴する符牒として『舞姫』のテクストのなかに象嵌した。何よりもそれはウンテル・デン・リンデンのバロック空間に対峙する反世界のしるしでなければならなかったのだ。

「文学」〈第48巻第9号、昭和55・9、岩波書店〉掲載の『ベルリン一八八八年―都市小説としての「舞姫」―』。

「一つの梯は直ちに楼に達し、他の梯は窖住まひの鍛冶が家に通じたる貸家などに向ひて、凹字の形に引籠みて立てられたる」とは、まさにうらぶれた陋巷の情景であり、その建物の入り組み方は迷路のようである。都市の裏通りは往々にして貧街が見られ、それは魔窟でもある場所となっている。

鷗外滞独中のベルリンはキョオニヒ街の交通量を緩和するため、ウンテル・デン・リンデンを東に延伸する形でカイザ・ヴィルヘルム街の開発が行われていた。

これはアルトベルリンの地区の破壊と再開発になった。この状況を初めて報告したのは神山伸弘である。神山は次のように述べている。

鷗外は、新旧が交代する瞬間に僧房街に生活した。こうした僧房街をめぐる再開発状況の生々しさに想像力が働きはじめると、鷗外が住んだ第二住居周辺について、一面的にその古さを強調してみたり、あるいは近代化の完了した世界として平板に描いてみたりすることに抵抗を感ずるようになる。このため、鷗外の住んだ古ベルリンと近代的なウンテル・デン・リンデンとの対比だけで『舞姫』の全体的構図を整理してみせることも、あまりに図式的だと思えてくる。よしんば、鷗外のなかに近代性と前近代性との葛藤のモチーフがあるとしても、それは、まさに鷗外の眼前の生活現場に広がっていた世界だったとすべきだろう。新旧の対立は、ウンテル・デン・リンデンと古ベルリンとの間だけにあったのではなく、僧房街の道筋を隔てて東西の間にもあったのである。この場合、もちろん鷗外は、新築のモダンな建物に居住する者として、近代性の模範的な具現者たる位置に座らざるをえない。これにたいして、日常的に対面していた——おそらくエリスの住居モデルとなったであろう――区画は、かかる近代性によって有無も言わさず死刑を宣告され滅び行く古いベルリンだった、ということである。
（「跡見学園女子大学紀要」第三十三号、二〇〇〇年三月、跡見学園女子大学、掲載の神山伸弘『「普請中」のベルリン――一八八七年・八八年当時の森鷗外第二・第三住居環境考――』）

前田愛の都市空間論は、その後神山伸弘、小泉浩一郎の発言を引き出す。参考までに次に記す。

◉神山伸弘『「普請中」のベルリン――一八八七年・八八年当時の森鷗外第二・第三住居環境考――』（「跡見学園女子大学紀要」第三十三号、二〇〇〇年三月）
◉小泉浩一郎『鷗外「舞姫」の空間・再説――二つの地理的契機をめぐって――』（「近代文学　注釈と批評」第五号、平成十五年五月、東海大学　注釈と批評の会）

●神山伸弘『鷗外はブランデンブルク門の彼方に凱旋塔を見なかったのか――『舞姫』における「目睫の間」の「景物」をめぐって――』(『跡見学園女子大学人文学フォーラム』第2号、二〇〇四年三月、跡見学園女子大学文学部人文学科)
●小泉浩一郎『舞姫』校注、補注、解説(『森鷗外集 新日本古典文学大系明治編25』、二〇〇四年七月、岩波書店)
●神山伸弘『歪まぬベルリン空間――鷗外が『舞姫』で伝えたかった情景について――』(『国文学 解釈と教材の研究』〈森鷗外の問題系〉第五十巻第二号、二月号、平成十七年〈二〇〇五〉二月、学燈社)

(Ⅲ) 頰髭長き猶太教徒の翁が戸前に佇みたる居酒屋 川副国基はエリスがユダヤ人ではないかと推測している(瀬沼茂樹古稀論文集刊行会編『現代作家・作品論』〈昭和49・10、河出書房新社〉所収の『「黄なる面」の太田豊太郎』)。エリスがユダヤ人女性ならば、迫害されているユダヤ人と、「黄なる面」をした東洋人太田豊太郎の結び付きということになる。竹盛天雄は「エリス逆遇の設定は〈人なみならぬ面もち〉の持主として同胞から疎外され、かつ〈黄なる面〉の東洋人の立場に意識的な、いわば二重の疎外感に対面している豊太郎が、彼女の中にアイデンティティを見出し、閉ざされた性意識を解紐してゆくための必須条件だったと思われる。」(『高等学校国語科教育研究講座　第三巻　現代国語(2)　小説Ⅰ』〈昭和50・3、有精堂〉所収の『森鷗外「舞姫」―モチーフと形象―』)と述べている。

(Ⅳ)質屋の使のモンビシュウ街三番地にて太田と尋ね来ん折には価を取らすべきに　エリスが質屋に豊太郎の時計を持って行き金を借りる。豊太郎はエリスが借金した額を質屋に払い、時計を受け出す。ここで豊太郎は自分の住所をエリスに明かしており、交遊を期待している。豊太郎とエリスの出会いの場面を考察してみると、すでにエリスの家ではシャウムベルヒにエリスを身売りさせる用意が万端整っていた。葬式のお金もないのに、「机には美しい氈を掛けて、上には書物一、二巻と写真帖とを列べ、陶瓶にはここに似合はしからぬ価高き花束を生け」るという舞台装置である。

最初に「ここに似合はしからぬ―価高き花束」に注目し、「エリスは、〈母の言葉〉と暴力によって、相手がシャウムベルヒであれ誰であれ、純潔を売るほかはない切迫した状況を強いられているのだ」（「日本近代文学」第13集〈特集森鷗外〉昭和45・10、日本近代文学会、掲載の清水茂『「エリス」像への一視角―「點化」（トランスズブスタンチアチオン）の問題に関連して―』）と読んだのは清水茂である。

また母親とエリスの身なりを比較すれば、エリスが売り物であることは歴然としている。

エリスは豊太郎に「君は善き人なりと見ゆ」と言い、後では「君は善き人なるべし」と言葉を変え、いよいよとなれば豊太郎を客に取る覚悟でいる。異邦人と一回きりのことならば、シャウムベルヒと腐れ縁のようになり、何度も強要されるよりはという判断である。その場合でもせめて豊太郎がいい人であってほしいという願いが、「善き人なるべし」に表れている。エリスは踊り子といっても、すぐに娼婦に落ち込むすれすれの線にいる貧しい少女である。

前田愛は「エリスが支配人に身をまかせなければならない梁の下のベッドに、

白布におおわれた死者が横たわるベッドが隣り合わせている図柄は（中略）おぞましい。エリスは屍臭のただようこの場所で、代役の豊太郎とベッドをともにするつもりだったのだろうか。性と死とがひとつにまじりあうこうしたグロテスクな室内風景を地にして、エリスの可憐なうつくしさだけが、いっそう鮮やかにかがやきはじめるところに、この迷宮の空間に仕掛けられたもっとも底のふかい惑わしがあるように思われる。」（「文学」〈第48巻第9号、昭和55・9〉掲載の『ベルリン一八八八年―都市小説としての「舞姫」―』）と述べている。

エリスの家の構造を考えると、部屋は二つで、それに台所がついた簡単なものである。部屋の一つには父の遺骸が置いてあり、もう一つの部屋は屋根裏部屋で、いわば三角形の部屋である。土葬にする習慣の西欧で、「明日は葬らでは愜はぬに」とエリスが切羽詰まっているからには、前田愛の述べるような屍臭の漂うグロテスクな情景である。

（V）母の死　長谷川泉の指摘するごとく「諫死」であろう（増補『森鷗外論考』、昭和41・6、明治書院）。立身出世と家名を挙げる目的で留学した息子豊太郎を待つ母にとって、息子の免官が官報に出たのを見れば、当然死をもって諫めたと思われる。明治二十年頃のことでもあり、息子豊太郎が受けて来た教育から考え、士族であったであろう母の気概は、汚名を負い免官になった息子をもとの道に連れ戻すべく働きかけたのである。そのためには自殺も辞さないという生き様は、「家」を中心に据えてすべてを思考することであり、また母その人が「家」であることも意味している。そして母がどのような原因で、またどういう状態で死んだのかが一言も書き込まれていないのは、母の死が諫死であることを明瞭に物語っている。一方、豊太郎の方でも母の死が自分の行為を諫めたものだと気づいていたはずであり、そのことは心奥に痛みとして残っており、やがてエリスを捨てて帰国するという結末を迎える。しかし、当面は故国との繋がりを断たれ、ドイツに滞留することが可能になった。また、作品展開上母の死は豊太郎を家から解放し、エリスとの恋愛を可能にした。さらに豊太郎は究極において、母を選ぶか、エリスを選ぶかという二者択一の窮地に立たなくてよい設定になっている。この辺に創作上の問題点がある。

(二)『舞姫』を読む

(1)『舞姫』で何を読むのか

小説は太田豊太郎がドイツ留学を終えて、帰国する途次のセイゴン（サイゴン）の港に停泊した船中での独白に始まり、過去の回想を経て、現在時に戻るという一人称回想形式をとる。しかし子細に見れば「嗚呼、委くこゝに写さんも要なけれど、（中略）この行ありしをあやしみ、又た誹る人もあるべけれど」（傍点、山崎以下同じ）という語りを見る限り、語り手は読者を想定している。

また冒頭の日記が白紙である理由を挙げて、それを否定するという語りになっている。「あらず、これには別に故あり」と繰り返している。自問自答した上で、それを否定する。このような叙述の形をとるのは、やはり他人を想定した語りと考えられる。一人称という言い方には若干の留保を付けておく。

豊太郎は深い恨みに頭を抱え込んでいる。この恨みを銷せんということで、その概略を綴る。回想を終えた豊太郎は「嗚呼、相沢謙吉が如き良友は世にまた得がたかるべし。されど我脳裡に一点の彼を憎むこゝろ今日までも残れりけり」と手記を結ぶ。

『舞姫』を読むことは、まず豊太郎に「惨痛」を負わせた「恨み」がどのようなものであるかを把握することである。小説では豊太郎が「銷魂」(鎮魂)の意図で手記を綴る。小説を読む私たちは、手記の最後は少しでも鎮魂の目的が果された、或は恨みは深まるばかりであると結ばれるだろうと推測する。

私たちの予想を裏切って、『舞姫』は「彼を憎むこゝろ今日までも残れりけり」で終る。「恨み」が「憎むこゝろ」に変化している。

『舞姫』を読むという行為は、豊太郎の回想の手記が、〈恨み〉から〈憎む心〉へ転換する過程を解き明かすことである。

(2) 豊太郎の心の変移

官長の信任の厚い豊太郎は、官費留学生としてベルリンのウンテル・デン・リンデンの大道に立つ。豊太郎はこの留学を名を上げ、家を興す絶好の機会だと認識していた。ベルリンの大道の光景は豊太郎の心を誘引して止まない。しかし、豊太郎は「あだなる美観に心をば動さじの誓ありて」封印してしまう。無理に封印した心はどこかで弾ける。

留学生活が三年を経た時、豊太郎は自分が他人から褒められることが嬉しくて学び、官長の激励が嬉しく、一層励んで来たことに気が付く。つまり他人の期待に合わせて自己形成をしてきた。そして今「所動的、器械的」な人物であったことに気が付いた。豊太郎は自己省察をする。すると「奥深く潜みたりしまことの我は、やうやう表にあらはれて、きのふまでの我ならぬ我を攻むるに似たり」と認識する。ここには対他的自我と対自的自我の衝突がある。「攻めたり」でなく「攻むるに似たり」とある故に葛藤にまで至っていない。それ故、豊太郎には「まことの我」の実態が見えてこない。

豊太郎の心は官長へ矛先が向く。「官長は余を活きたる法律となさんとやしけん」と看破し、それには到底耐えられないと言う。そして豊太郎は官長に「法の精神を」会得し、「法制の細目」に拘泥すべきでないと進言する。官長からすれば生意気な意見であり、信頼していた部下に裏切られたと思うだけに怒りも増幅する。官長とすれば何とかお灸をすえる必要がある。しかしながら豊太郎に勤務上の失態がない限り処分は出来ない。豊太郎は「危きは余が当時の地位なりけり」と状況を把握している。

一方留学生仲間から豊太郎はどう見られていたのか。官長の信任が厚く、自分たちとは遊興をともにせず、勤勉家である豊太郎は付き合いにくい奴であり、煙たい存在である。自分たちの遊興のさまを豊太郎が官長に言い付けるかも知れないと猜疑する。こうなれば豊太郎の瑕瑾を見つけ、先手を打って官長に報告する事で自らの負荷を隠蔽しようとする。

折しも豊太郎はエリスと出会い交際をしている。彼等はすぐ行動を起こす。豊太郎は手記で「芝居に出入して、女優と交るといふことを、官長の許に報じつ。さらぬだに余が頗る学問の岐路に走るを知りて憎み思ひし官長は、遂に旨を公使館に伝へて、我官を免じ、我職を解いたり」と記す。そして、即刻祖国に帰るならば旅費は支弁するが、ここに滞在するならば公費は一切支給しないと申し渡す。

この時豊太郎は二通の手紙を受け取る。一通は母の自筆の手紙、もう一通は母の死を伝える親族の手紙である。母の自筆の手紙について豊太郎の手記はその内容を一切明さない。「母の書中の言をこゝに反覆するに堪へず」と記すが、「書中の言」は一切不明である。ここに『舞姫』を解く鍵がある。結論を言えば、母の代理を免官になった豊太郎に助力した相沢謙吉が引き受けていく。そうであれば、母の手紙の「書中の言」が明示されなくても不自然ではない。

組織から排除された豊太郎はどう生きようとしたのか。「此時余を助けしは今、、、、、、、、、我同行の一人なる相沢謙吉なり」と記す。天方伯の秘書官であった相沢が某新聞の編集長に頼んで、豊太郎をベルリン滞在の通信員とし、政治学芸の記事を報道させた。またエリスは母を説得して豊太郎を自宅へ住まわせる。

(3) 相沢謙吉の登場

明治二十一年冬、相沢謙吉は天方伯の随行員としてベルリンにやって来た。相沢は天方伯が豊太郎に会いたいと言っているので急いでホテル、カイゼルホフへ来るように手紙を出す。書かれていないが、当然相沢が天方伯に豊太郎を推薦したに相違ない。豊太郎は天方伯から翻訳の仕事を依頼される。相沢は豊太郎と昼食を共にする。相沢と豊太郎の会話を通して、相沢謙吉という人物について考えてみる。

相沢は豊太郎に「学識あり、才能あるものが……目的なき生活をなすべき」ではないと主張する。相沢がベルリンから豊太郎へ投函した書中に「汝が名誉を恢復するも此時にあるべきぞ」と記している。これらの言説から相沢が主張する「目的」とは、国家有為の人となることである。そのために婦女子に関係を持って立身出世の道から外れるのは愚かなことであると考えている。相沢は剛直であり、強者の論理を持っている。

次に相沢は豊太郎に天方伯は豊太郎の免官の理由を知っているので、自分は天方伯に豊太郎に救いの手を差し延べてほしいと頼んだことはない。なぜならば、自分が天方伯から「曲庇者」〈道理を曲げて人をかばう者〉と見られるのは、友人（豊太郎）の為にならないのみならず、自分に損であるからと言う。相沢の功利性がよく表出されている。競争社会の中ではこのような功利的判断が、立身出世にとって必要であろう。

さらに相沢は「人を薦むるは先づ其能を示すに若《し》かず。これを示して伯の信用を求めよ」と言う。自己の能力、仕事ぶりを以て、相手の信任を得よという相沢の合理性も押えておきたい。

しかも相沢は豊太郎へそれらを最初から述べてはいない。まず豊太郎の話を聞き、豊太郎へ同情を寄せながら、聞き終った時豊太郎の行動は「生れながらなる弱き心」より発しており、今更言っても無意味であると問題にしない。その上ですでに述べたようなことを言った上で、「情交は深くなりぬとも、人材を知りてのこひにあらず」と断定し、「意を決して断て」と命令する。相沢の思考と言語構造が見事に合致している。こうして豊太郎はまず相沢に絡め取られる。豊太郎は「姑《しばら》く友の言に従ひて、この情縁を断たんと約し」た。豊太郎の弱い心は「姑く」という曖昧な留保を残している。「姑く」という言葉は豊太郎の心中の言葉である。

豊太郎は相沢にエリスとの関係を断つことを約束した。この事を相沢が天方伯へ報告するとは豊太郎は少しも思っていない。当然相沢は天方伯に私が十分忠告したので女性とは手を切ると約束しましたと報告したはずである。これで豊太郎が天方伯の仕事を完璧に為し信用を得れば、推薦人としての相沢の評価も上ることになる。ベルリンから豊太郎へ出した書簡に「心のみ急がれて用事をのみ」と記した時、推薦人としての自分の立場に固執している点が窺われる。

名を挙げ、家を興し、国家有為の人物として生きている相沢謙吉的明治人は、家や国家が優先した実利的で硬質な心を持つことを要請されていた。こうした生き方は恋愛に見られる愛情や誠実さというような本来人間的な情や軟質な心を犠牲にせざるを得なかった。

相沢から報告を受けた天方伯は最終局面において、豊太郎に向かって「様々の係累もやあらんと、相沢に問ひしに、さることなしと聞きて」安心していると駄目押しをする。

一方、相沢は豊太郎が人事不省に陥っている間に、豊太郎の帰国をエリスに告げる。要するに、今や天方伯の信任を得た豊太郎を連れて帰国することが、豊太郎にとっても己れにとっても最善だと考えている。そしてそれが亡くなった母の心でもあったはずである。相沢は小説中で母が退場したのち登場し、母の代行をする。エリスが精神を狂わそうと、相沢は帰国を進める。

(4) 豊太郎の心の変容

豊太郎は免官の命を受けた時、このまま帰国することは「学成らずして汚名を負ひたる身の浮ぶ瀬あらじ」と思っている。折しも相沢が某新聞社のベルリン通信員の仕事を斡旋してくれたことはすでに述べた。豊太郎は在野の学問としてのジャーナリズムの世界にふれ、知識が多方面に及び物の見方も広がったことを誇っている。その得意の気持とは裏腹に、豊太郎は「我学問は荒みぬ」と二度繰り返す。この学問は官の学問であり、国家有為の人材を養成するための学問を指している。先程のジャーナリズムという民間学と対極をなしている。民間学を誇れば誇るほど、官の学問に未練を残している豊太郎像が浮ぶ。

このような豊太郎の立脚地の不安定さは、相沢からの手紙の中に「疾く来よ。汝が名誉を恢復するも此時にあるべきぞ」という言説をエリスには伝えない。機嫌の悪い顔付きを看て、エリスはたとい出世しても私を捨てないでほしいと言う。

エリスは直感的に豊太郎が世に出ることが、自分との別離に繋ることを捉えている。豊太郎は「政治社会などに出でんの望みは絶ちしより幾年をか経ぬるを」と言うが、それは事実と相違している。まさに「明治二十一年の冬」という年立てこそ、豊太郎の立身出世の夢の目覚の時間である。

「明治二十一年の冬」を軸に小説の構造を考える。前田愛の『BERLIN 1888』（一九六〜一九七ページ）を参考に、小説舞台の時空間を次ページに図示する。

豊太郎は天方伯の滞在するホテル、カイゼルホフへ毎日のように通う。まさにここは政治的空間である。やがて天方伯の随行員としてペテルブルグへ出かけ、外交の場で通訳として活躍し、王宮での華麗なパーティへ出席する。そして外交・政治的空間での華やかな活躍ぶりが語られる。カイゼルホフを内なる政治空間とすれば、ペテルブルグの王宮は外なる政治、外交空間である。豊太郎は内部から外部へ進出し、天方伯の信任はますます厚くなる。

豊太郎は相沢と昼食を共にした時、迂闊にもエリスとの関係を絶つと約束した。その帰路、豊太郎は「心の中に一種の寒さを覚えき」と告白している。エリスを

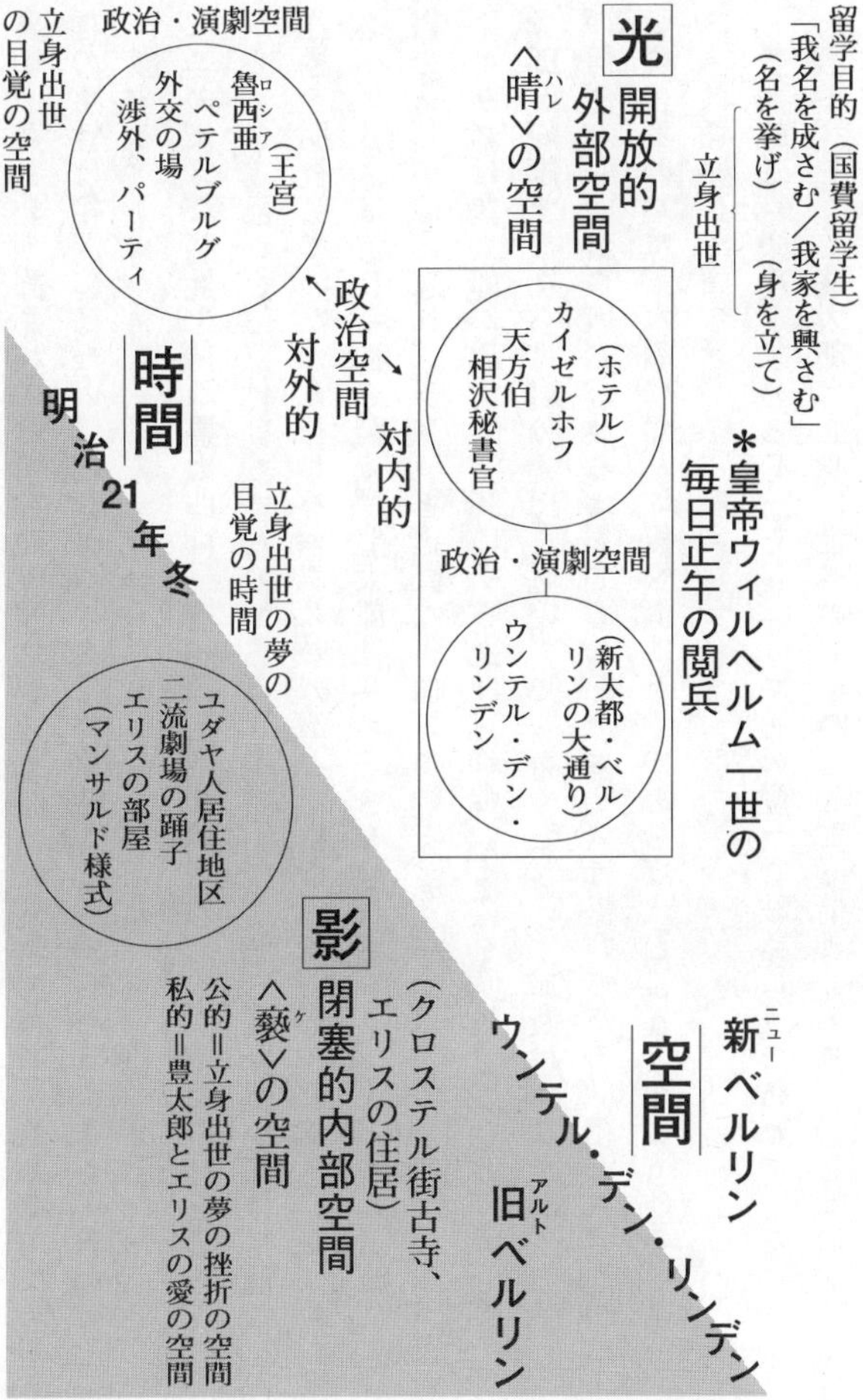
留学目的（国費留学生）
「我名を成さむ／我家を興さむ」
（名を挙げ）（身を立て）
立身出世
*皇帝ウィルヘルム一世の
毎日正午の閲兵
光
開放的
外部空間
〈晴《ハレ》〉の空間
（ホテル）
カイゼルホフ
天方伯
相沢秘書官
政治・演劇空間
（新大都・ベルリンの大通り）
ウンテル・デン・リンデン
対内的
政治空間
対外的
（王宮）
魯西亜《ロシア》
ペテルブルグ
外交の場
渉外、パーティ
政治・演劇空間
立身出世
の目覚の空間
時間
明治21年冬
立身出世の夢の
目覚の時間
新《ニュー》ベルリン
空間
ウンテル・デン・リンデン
旧《アルト》ベルリン
影
閉塞的内部空間
〈褻《ケ》〉の空間
（クロステル街古寺、
エリスの住居）
公的＝立身出世の夢の挫折の空間
私的＝豊太郎とエリスの愛の空間
ユダヤ人居住地区
二流劇場の踊子
エリスの部屋
（マンサルド様式）

裏切ったという許されざる精神の戦慄について語った箇所である。豊太郎のこの種の感性は相沢にはない。相沢はこのような感性こそ「弱き心」であると言い、一蹴する。

このような感性を持つ豊太郎は、内的政治空間から外的政治空間に身を晒しながら、どう己れを位置付けていたのであろうか。小説を読む限り豊太郎は自己の立場を明視していない。むしろエリスの方がよく見ている。それ故にペテルブルグへエリスは毎日手紙を書く。豊太郎は「エリスを忘れざりき、否、彼は日毎に書を寄しかばえ忘れざりき」と正直に告白している。

エリスは豊太郎が政治的空間に引き上げられていく姿を直視している。もし豊太郎が帰国するならば自分も母を置いてでも行くと言い、旅費はあなたが天方伯の信任が厚いから何とかなるはずであると、エリスは書いてくる。相沢も「この頃の言葉の端に、本国に帰りて後も倶《とも》にかくてあらば」と言うと記している。エリスは妊娠している。

豊太郎は「栄達を求める心」と「エリスとの愛」の岐路に立たされていることを悟る。そして豊太郎は立身出世への心が時として愛情よりも強く心を衝迫することがあると述べている。

豊太郎はペテルブルグから帰ってきて二三日家に居る。エリスが生れてくる子のために縫い上げている産着、襁褓を眺め、この屋根裏部屋での日々の生活、そうした現実世界に身を置いた時、あのペテルブルグでの華麗な夢の世界が夢でなく現実に手に入れることが可能になったことを把握している。

このような状況で、天方伯に呼ばれ「われと共に東にかへる心なきか」と問われ、この地に係累もないと聞いて安心したと駄目押しをされると豊太郎の心は一気に崩れる。

若《も》しこの手にしも縋《すが》らずば、本国をも失ひ、名誉を挽《ひ》きかへさん道をも絶ち、身はこの広漠たる欧洲大都の人の海に葬られんかと思ふ念、心頭を衝《つ》いて起《おこ》れり。嗚呼《ああ》、何等の特操なき心ぞ、「承《うけたま》はり侍《はべ》り」と応《こた》へたるは。

そして豊太郎は人間として許されない罪人となったと懊悩し、遂に人事不省になる。その間すべてを相沢が片付ける。肝心な所で豊太郎は一切関与しない。

(5)「憎む心」の発見

豊太郎は正気に戻り、心を狂わせたエリスを見て茫然とする。豊太郎が人事不省の間、相沢謙吉がすべてをエリスに語り、その結果、エリスが精神を狂わせたことを知る。

かつて豊太郎は「おのれに敵するものには抗抵すれども、友に対して否とはえ対《こた》へぬが常なり」と述べている。相沢と会って「姑く友の言に従ひて、この情縁を断」つことを約束した後の言説である。この時点では場合によっては友が敵になり得るかもしれないという認識を持っていない。精神を狂わせたエリスを直視し、初めて「此恩人は彼を精神的に殺しゝなり」と相沢を批難する発言となっている。矛先が相手に向いている。

豊太郎は「相沢と議《はか》りてエリスが母に微なる生計《たつき》を営むに足るほどの資本を与へ、あはれなる狂女の胎内に遺しゝ子の生れむをりの事をも頼みおきぬ」と手記を結ぶ。

回想の手記を書き現在時に戻った時、豊太郎は「嗚呼、相沢謙吉が如き良友は世にまた得がたかるべし。されど我脳裡に一点の彼を憎むこゝろ今日までも残れりけり」と附言する。「恨を銷せむ」という執筆動機を以て書かれた手記は、友人に感謝しつつも「彼を憎むこゝろ」が今日までも残っていると、転換する。「恨む心」が「憎む心」になぜ反転するのか。豊太郎は人事不省から正気に戻り、精神を狂わせたエリスを直視し、私の友人であり恩人である相沢謙吉が、私が愛するエリスを精神的に殺したのであると言う。帰国を承諾したのは豊太郎である。エリスを狂者に追いやった近因は相沢にある。しかし、遠因であるがエリスとの関係を絶つと約束した豊太郎に一番責任がある。しかし、豊太郎は己れの裏切りをエリスに告げ、エリスに謝罪する機会さえ奪われている。

豊太郎が狂女のエリスを直視した時、初めて相沢を敵と認識し、憎しみの対象として捉えた。

エリスを狂女に追いやったのは相沢であるが、相沢は嘘をついていない。豊太郎がエリスとの関係を絶つことを誓ったこと、天方伯に帰国の意志を問われ、自ら帰国を承諾した点が、すべての始まりであり、それがすべての終わりでもある。相沢を憎むのはお門違いである。太田豊太郎は手記を書くことで、私の中の彼

(相沢的なるもの)を発見し、それを自ら憎まざるを得ない。豊太郎の中の相沢的要素とは「私の中の彼」あるいは「私の中のもう一人の私」である。相沢に向けられた批判の刃は、己れに向けられてくる。それは豊太郎がエリスへ直接すべてを告白する機会を奪われている故に、相沢を切った刀で自分を切らざるを得ない。対他的憎悪は、対自的憎悪に反転する。このように見てくると、「恨む心」が、「憎む心」に転換するのは当然である。

豊太郎はエリスとの出会いを回想した時、「嗚呼、何等の悪因ぞ」と切り出す。のちに相沢と会った時、豊太郎は「我失行」と言う。さらに「不幸なる閲歴」とも言う。豊太郎が陋巷でのエリスとの愛に包まれた生活を自己の本然の生き方としない以上、豊太郎は必然的に元の世界に帰って行く人間である。そして豊太郎が「今の生活」に悔恨の念を抱いているからこそ、相沢の打つ手が効を奏するのである。

明治二十一年冬の相沢の手紙にある「名誉を恢復」するのは今であるという文言を豊太郎はエリスに伝えない。また豊太郎は母の手紙の一行だに公表しない。立身出世への夢の要請がそこにある故に表出させていない。

対内的政治空間のホテル、カイゼルホフでの活躍は静的に語られる。そして「翻訳は一夜になし果てつ」という表現に豊太郎の能吏ぶりが窺われる。さらに対外的政治空間であるペテルブルグでの豊太郎の活躍ぶりは颯爽と、また華麗に語られる。明らかに立身立世の夢の実現に確実に近づいていることが看取できる。

相沢は豊太郎の自我の目覚めも、主体的な生き方も、エリスとの愛の生活も破壊してしまう。しかし、本来相沢が破壊したのではなく、豊太郎の中にある相沢的な要素がそうしたと言ってよい。相沢は仕掛人であるが、実際に行動し名誉挽回、帰国という道を切り開いたのは豊太郎自身である。豊太郎は再び〈国家〉との関係を回復しながらも、一方では〈私〉を切り捨てたことに〈恨〉を残し、作品冒頭に返って行くのである。

豊太郎は手記を文語文体で綴っている。恐らくこのような文体を選んだのは、豊太郎が回想する時点と過ぎ去った過去の出来事との時間表現の相違を表わすためには、文語の方が明確だからである。回想する時点では、推量の助動詞（べし、む）を、過去の出来事を語る時は過去回想の助動詞（き）、完了の助動詞（り、ぬ、たり、つ）を用いることで、時制の区別を試みている。

小説の悲劇性を異国情緒漂う浪漫性で和らげ、間接表現による美化を試みるためには雅文体が適切だと言える。

(三)『舞姫』誕生までの劇《ドラマ》

帰国後の一年半

明治21年(一八八八)

7・5 森林太郎(鷗外)、上司の石黒忠悳《ただのり》次長とベルリンを発《た》つ。森林太郎車中でドイツ女性のことを石黒次長に語る。

9・8 森林太郎帰国。

9・10 西升子《ますこ》(西周《あまね》夫人)森家を訪れ、赤松登志子との縁談を申込む。

9・12 ドイツ女性エリーゼ・ヴィーゲルト来日、築地精養軒ホテルに滞在。

10・17　エリーゼ・ヴィーゲルト帰国。林太郎、篤次郎（弟、東京帝国大学医学部学生）、小金井良精ら横浜に一泊してエリーゼの出国を見送った。この日陸軍省に出省し、石黒忠悳次長に報告。
10・20　森峰子（林太郎母）西家を訪れ、赤松登志子との縁談を承諾。
11・22　海軍中将兼議定官男爵赤松則良《のりよし》長女登志子と婚約、結納を交換。

明治22年（一八八九）

1・5　「東京医事新誌」の主筆となる。
2・22　翻訳小説『緑葉歎』発表。
2・24　西周の代理宮内広の媒酌で結婚。（3月6日裁可〈天皇の許可〉）
3・13　森林太郎、赤松登志子披露宴。
8・2　訳詩集『於母影』（「国民之友」第五八号附録）発表。
11・9　「東京医事新誌」の主筆の座から追放される。
12　小説『舞姫』執筆。

明治23年（一八九〇）

1・1　翻訳小説『ふた夜』（1・1〜2・26）発表。

1・3　『舞姫』（「国民之友」第六九号附録）発表。

8・25　『うたかたの記』（「しがらみ草紙」第一一号）発表。

9・13　長男於菟《おと》誕生。

10初旬　森林太郎上野花園町の家を出る。

11・27　森林太郎（赤松）登志子を離籍。

明治24年（一八九一）

1・28　『文づかひ』（「新著百種」第一二号）発表。

森林太郎（鷗外は作家としての号であるが、以後の記述は原則として鷗外を用いる）のドイツ留学（明治17年〈一八八四〉〜明治21年〈一八八八〉、二十二歳―二十六歳）の成果は、軍医として実験医学の基礎を学んだ以上に文学や美術に視野が広がったことである。森林太郎の上司である石黒忠悳は、森を評して

「独乙士官ノ風ニハアラズ寧ロ独乙ノ風流家ノ風多シ」と評している。風流家とは文人の意味である。概ね森林太郎はドイツで青春を謳歌している。

足掛け五年のドイツ留学を終えて帰国した森林太郎の帰国後の一年半は、公私ともに激動の秋《とき》であった。明治二十一年（一八八八）九月八日フランス船アバァ号で帰国するや、九月十二日、鷗外を追ってドイツ船ジェネラルウェルダー号でエリーゼ・ヴィーゲルトが来日する。この女性のことはベルリン出発の車中で、石黒次官に語っている。石黒は日記に「車中森ト其情人ノ事ヲ語リ為ニ愴然タリ後互ニ語ナクシテ仮眠ニ入ル」と記している。森林太郎はこの女性について一切語ってはいない。ただ来日したエリーゼが森に贈った刺繡用のRMの亜鉛板のモノグラム（飾り文字）が残されている。

エリーゼの来日は、林太郎の結婚の話が親戚の西家（鷗外の祖父白仙と西周の父時義は義兄弟）から持ち込まれていた森家の人々を困惑させる。ほぼ一カ月滞在したエリーゼは、来日した船で出港する。十月十六日、エリーゼ、林太郎、弟の篤次郎の三人は横浜へ一泊する、翌十七日エリーゼの出港を見送った林太郎は、陸軍省へ出省し、石黒次官に報告する。石黒は日記に「森林太郎来リ本日例之人ヲ船ニ送リ届ケタル事ヲ云フ」と記している。

エリーゼ帰国後、森家は林太郎の結婚を急ぐ。森家は西周に媒酌を頼むつもりでいた。西周は養嗣子紳六郎の父林洞海を考えていたが、結局林太郎の上司である石黒に依頼することにした。十一月九日の西周日記に次のように記されている。

午後二時過より石黒へ行く。当人の帰宅を待つ久し。四時前帰宅。それより相談にかゝる。森に秘事あり。やむをえず周媒酌に決す。依て明日書状を林へ遣し、宮内を依頼する事に決す。(中略)帰宅すれば森得《ママ》次郎来り居る。乃ち今日の所を話し帰し遣す。

石黒は森林太郎に「秘事」があることを理由に媒酌を断る。西周はこの日までドイツ女性のことを一切森家から聞いていない。気持ちの収まらない西周は、翌日林洞海に手紙を出して林翁の五男紟五郎《きんごろう》(伸六郎の実兄)の養父宮内広(元宮内省九等医員)に依頼することになった。

このような経過を経て、鷗外は赤松則良海軍中将兼議定官、男爵の長女登志子と二十二年(一八八九)二月二十四日結婚(天皇認可＝三月六日、披露宴＝三月十三日)する。五月末、下谷上野花園町十一番地(現在の台東区池之端三―三―

二十一）の赤松家の持家に転居する。帰国後、鷗外は陸軍軍医学校教官兼陸軍大学校教官に任ぜられている。

赤松登志子との結婚では、鷗外は自己の運命を他人の手に委ね断念し、放棄している。後年『妄想』の中で、次のように語っている。

陰気な闇を照破する光明のある哲学は、我行李の中には無かつた。その中に有るのは、ショオペンハウエル、ハルトマン系の厭世哲学である。現象世界を有るよりは無い方が好いとしてゐる哲学である。進化を認めないではない。併しそれは無に醒覚せんが為めの進化である。

明治二十二年（一八八九）一月「東京医事新誌」の主筆に迎えられる。「緒論」（社説）欄を設け、この欄によって医事評論活動を展開する。

同年中頃、森鷗外の上司である石黒忠悳ら乙酉会《いつゆうかい》のメンバーが二十三年に全国の医者を東京に集めて「医学上ノ知識ヲ交換ス」ることを目的として、「第一回日本医学会」開催の運動を起した。乙酉《いつゆう》《きのととり》の年（明治十八年）に結成された乙酉会は、伊東方成、池田謙斎、岩佐純、石黒忠悳、橋本綱常、長谷川泰、戸塚文海、大沢謙二、高木兼寛、長与専斎、佐藤進、実吉安純、三宅秀が加わっていた。当時の医学界の錚々たる人々である。

森鷗外に即して言えば、職場では軍医総監医務局長橋本綱常、次長に石黒忠悳軍医監、東京大学時代の先生三宅秀医学部長がいる。日本の医学の進歩、発展のために西欧の実験医学を基礎とした学問集団をめざした鷗外にとっては、緩やかな同業者の親睦的な会合と単なる知識交換の場を目的とした乙酉会の日本医学会に向けての運動は容認できなかった。

鷗外にはドイツの医学会がモデルとしてあった。西欧体験をした知識人として、鷗外は日本の近代化に積極的に発言していく。鷗外は医学会は業績を持った医者の集まりであり、研究発表の場でなければならないと主張する。当然鷗外は日本医学界の上層部と対立して行く。鷗外は西欧文化に追いつくためには、まず西欧を見て来た人たちが上から改革して行かなければ日本の近代化は遅れを取ると考えていた。

当時大学は東京帝国大学しかなく、西洋医学を学んだ医者より漢方医が多かった。そのような現実を鷗外は一切無視している。少数派であっても日本の近代化のためにはトップダウンが必要であると考えていた。またそれは国費を使って留学した者の責務であると考えていた。森鷗外の主張は正当であったが、性急であった。

また鷗外は「日本食論争」に絡んでいく。ここで鷗外は西欧の権威に盲従する学者の態度を批判してやまない。さらに今井武夫との「統計論争」、僧侶の医薬兼業を勧める「時事新報」に対して、速成の僧医の危険を説く。このように鷗外の争気は、あちこちで衝突を起こした。そしてついに十一月九日「東京医事新誌」の主筆の座を追われる。

鷗外はすぐ「医事新論」を自費で創刊する。創刊号（明治22・12）に『敢て天下の医士に告く』において、「余の医林に於けるや現に敗軍の一将たり伶仃孤立、狽の狼を失ひしが如く」（傍点原文のまま）と述べている。鷗外は「敗軍の一将」と言い、「伶仃《れいてい》孤立」（孤独で孤立していること）し、「狽《ばい》の狼《ろう》を失ひし」（動くことができない）二進《にっち》も三進《さっち》も行かない状態であると嘆息している。

医学界の近代化に賭けた志と夢は、挫折し孤立していく。『於母影』の漢詩「別離」（ドイツの詩人ヨーゼフ・ヴィクトール・フォン・シェッフェルの詩を漢訳）を次に書き下し文で記す。

別離

薔薇《そうび》の花何ぞ艶《えん》なるに　刺《とげ》ありて其の枝に盈《み》つ
未《いま》だ中心の願ひを遂げざるに　一朝別離に苦しむ
嬌眸曾《きようぼうかつ》て眄《ながしめ》を流し　福祉吾が期せし所なりしに
往事一夢に帰し　茫々《ぼうぼう》として追ふべからず

一たび郷国を去りて自《よ》り　飄蓬《ひようほう》として幾《いくたび》遷移す
平生《へいぜい》何の閲《けみ》する所ぞ　妬忌《とき》と哀悲《あいひ》と
玉腕如《も》し枕にすべくんば　吾が心安《やす》らかに且《か》つ夷《たい》らかなりしに
往事一夢に帰し　茫々として追ふべからず

雲飛び風樹《き》を撼《ゆる》がし　急雨また相ひ随ふ
四疆《しきよう》何ぞ黯黮《あんたん》たる　相ひ別れて安《いづ》くにか之《ゆ》かんと欲す
禍福《かふく》は来去に任《まか》せ　君と永《なが》く相ひ思はむ

往事一夢に帰し　茫々として追ふべからず

大意を記せば次のようになる。第一連は、愛くるしい瞳《ひとみ》に惹《ひ》かれ、幸福になることを願いながらも、別れざるを得なかった。過去は一場の夢か、もはや追慕すまいと謳《うた》う。第二連は、郷国を去ってから流離のうちに閲したものは、嫉妬や悲哀である。あなたとともにいることができたら、どんなにか心が安らぐだろうに。と謳ったのち、過去は一場の夢か、もはや追慕すまいと繰り返す。第三連は、別離の後は禍福も去来に任せて、永くあなたを思うのみである。と謳い、過去は一場の夢か、もはや追慕すまいと三たび繰り返す。

この「別離」の詩の「往事一夢に帰し　茫々として追ふべからず」と謳うリフレインが、作者の断念の深さを思わせる。訳詩集『於母影』、翻訳小説『緑葉歎』『ふた夜』の基調は、異郷での愛と別離に収斂する。「往事一夢に帰し　茫々として追ふべからず」と繰り返すが、ここは日本だと断念し心の奥に封印しようとすればするほど心を衝迫してくる。疼《うず》く心が声として発せられる時、表現という行為が生まれる。〈公〉の前に〈私〉を切り捨てた己れの生のありようを検証すべく、一編の物語を書き上げた。ここに表現者森鷗外が誕生する。物語はドイツの青春の明るさよりも、帰国後の暗さと孤絶感の反照となっている。

小説『舞姫』は森林太郎（鷗外）の留学体験を踏まえていても、太田豊太郎は鷗外その人ではない。豊太郎と鷗外を対照すると次のようになる。

〈豊太郎の年齢〉

明治14年卒（19歳）――明治17年留学（22歳）――明治22年春帰国（27歳）

〈森鷗外の年齢〉

明治14年卒（19歳）――明治17年留学（22歳）――明治21年9月帰国（26歳）

豊太郎と鷗外の相違は帰国時のみである。小説『舞姫』で明確に時間が書き込まれているのは一箇所だけである。それが「明治二十一年の冬は来にけり」という一文である。すでに鷗外は帰国している。この小説中の時間こそ、豊太郎の立身出世への目覚の時間であり、別離の予兆の時間でもある。

鷗外の留学に関係する人々を次ページに記す。

これらの人々は『舞姫』の登場人物の造型に関わっている。明治二十年（一八

ドイツ留学

留学		
森 林太郎(国費)	谷口 謙(国費)	武島 務(私費)
島根県出身 二等軍医(留学時) 一等軍医(明18) 明14・7(東大(医)卒 明17・8・24 出国 ベルリン ライプチッヒ ドレスデン ミュンヘン ベルリン ドイツ留学 明21・9・8 帰国 石黒忠悳と同行	埼玉県出身 一等軍医(留学時) 明14・7 東大(医)卒 明19・8・7 出国 ドイツ留学 明22・11・6 帰国	埼玉県秩父郡太田村出身 三等軍医(留学時) 明19・10 出国 ドイツ留学 明20・10・5 免官 明23・5・17 帰国直前 ドレスデンで病死

第4回万国赤十字総会	欧州視察
於カールスルーエ(ドイツ)	自治制度調査のため
松平乗承《のりつぐ》・軍医監石黒忠悳《ただのり》	内相山県有朋
明20・5・28 出国 赤十字総会出席、森、谷口、石黒らのために応援 明21・9・8 帰国	明21・12 出国 同行者二宮弧松・賀古鶴所(森の親友、遺言の筆受者) 明22・10 帰国 明22・12 山県有朋、第三代首相就任

八七）十月二十六日の鷗外の日記によれば、「武島務に逢ふ。曾《かつ》て三等軍医たり。私費留学す。資金至らず。大に窮す。遂に将《まさ》に戸主に訴へられんとす。福島之を聞きて帰朝を命ず。石君の至るや、命じて其職を辞せしむ。或は曰く。金に窮するは人々免れざる所なり。其離職に至るは、某の譏《ざん》に由《よ》ると、果して然るや否。務《つとむ》性強梗《きょうこう》屈せず。（中略）言論慷慨愛す可し」と記している。

武島務は送金が遅れ家賃を滞納したことで、ドイツ駐在武官で留学生の取締の命を帯びていた福島安正大尉から帰国を命ぜられる。九月二十三日から二十七日までカールスルーエでの万国赤十字社同盟第四回総会に出席のためドイツへ来ていた石黒忠悳次官が武島務を免官にした。

鷗外はすでに六月三十日の日記に「此《この》日北里の曰《いわ》く。武島務帰朝の命を受く。（中略）曰《いわく》島田輩の説く所に依れば、福島の谷口の譏《ざん》を容《い》れて此命を下し丶者の若《ごと》し」と記している。北里はコッホのもとで学んでいる北里柴三郎。島田は島田武次。谷口は谷口謙。谷口は鷗外と東大医学部で同級生、鷗外の次に陸軍省から派遣された留学生。

武島務は福島安正駐在武官から早刻帰国するならば、旅費は支給するが、帰国しないならば旅費は支給しないと言われる。結局武島は免職後もドイツに留まり学問に励むが、帰国を前にドレスデンで病死する。

カールスルーエでの万国赤十字社同盟の第四回総会に日本代表として出席する松平乗承《のりつぐ》、石黒忠悳に従って、通訳として鷗外と谷口が参加した。最終日には、日本代表として石黒に代わって鷗外はドイツ語で演説し、各国代表の賞賛を受けた。

また鷗外が帰国後の出来事も小説中に挿入する。明治二十一年（一八八八）十二月、内務大臣山県有朋が自治制度調査のため欧州視察に出かけた。鷗外の親友賀古鶴所はその随行員として従った。山県らは翌二十二年十月帰国した。そして十二月に山県有朋は第三代首相に就任した。

なお明治二十二年二月には大日本帝国憲法が公布された。憲法制定をめぐっては、十八年（一八八五）以降議論が活発であった。

鷗外は埼玉県秩父の太田村出身の武島務の免官と森林太郎のドイツ女性との恋愛を組み合せ、太田豊太郎を創り出した。豊太郎の上司である長官は、福島安正駐在武官と石黒忠悳次官の複合であり、相沢謙吉は賀古鶴所と石黒次官との複合であろう。天方伯は山県有朋、豊太郎を讒訴する同郷人は埼玉県出身の谷口謙の姿を借りている。強いて人物造型を求めればこのような複合人物を想定できる。

鷗外は小説中に一箇所「明治二十一年の冬」という時間を設定した。鷗外のドイツ体験から言えば、虚構の時間である。しかし、小説にあっては一番重要な時間設定である。それは主人公が再び立身出世に目覚める時間であると同時に愛する人との別れの予感の時間でもある。恐らく山県有朋に随行する賀古鶴所の欧州視察に軸を合わせたのであろう。

そして「明治二十一年の冬」が具体的な形で顕在化するロシアのペテルブルグの外交の舞台は、まさしく鷗外の活躍の場であったカールスルーエの万国赤十字総会の場面を模したものである。

小説の主人公太田豊太郎と小説を書いた森鷗外とは異なる。しかし、登場人物は表現者鷗外の筆が創出した人物である。その人物は鷗外の分身であり、多くの人物の総合であると考えれば、実在の人物に当て嵌めることは無意味である。

さらに都市論的に『舞姫』を見る場合、小説『舞姫』のベルリンの実景は前田愛の考察に見られるごとく、新旧の二項対立する世界である。すなわち、新世界はウンテル・デン・リンデンの大通りに象徴され、旧世界はアルトベルリン地区、中でもクロステル街に象徴されている。

一方、鷗外の滞在した一八八八年のベルリンは、一見新旧の対立する世界といえるが、神山伸弘の考察したごとくアルトベルリン（旧市街）の再開発によって、アルトベルリン地区にさらに再開発された新と従来のままの旧とが残り、前田愛が大きく新旧の対立と捉えた世界は、旧の世界がさらに新旧に区分される。つまり、鷗外は〈普請中〉のベルリンに身を置いていたのである。

――二〇〇六・一・一九〈鷗外生誕の日〉――

舞姫（原文）

森鷗外

① 石炭をばはや積み果てつ。中等室の卓《つくゑ》のほとりはいと静かにて、[1]熾熱灯《しねっとう》の光の晴れがましきも[2]いたづらなり。今宵《こよひ》は夜ごとにここに集ひ来る[3]骨牌《カルタ》仲間もホテルに宿りて、舟に残れるは余一人のみなれば。五年《いっとせ》前のことなりしが、平生《ひごろ》の望み足りて、洋行の官命をかうむり、この[4]セイゴンの港まで来《こ》しころは、目に見るもの、耳に聞くもの、一つとして新たならぬはなく、筆に任せて書き記しつる紀行文*日ごとに幾千言をかなしけむ、当時の新聞

1 熾熱灯　白熱電灯のこと。
2 いたづらなり　無駄である。役に立たない。
3 骨牌　カード。トランプ。
4 セイゴン　サイゴン。現在のベトナムのホーチミン市。
＊日ごとに幾千言をかなしけむ　毎日幾千のことばとなっただろうか。

に載せられて、世の人にもてはやされしかど、今日になりて思へば、幼き思想、身のほど知らぬ放言、[5]さらぬも世の常の[6]動植金石、さては風俗などをさへ珍しげに記ししを、*心ある人はいかにか見けむ。こたびは途に上りしとき、日記《にき》ものせむとて買ひし冊子もまだ白紙のままなるは、ドイツにて物学びせし間《ま》に、一種の[7]ニル・アドミラリイの[8]気象をや養ひ得たりけむ、あらず、これには別に故あり。

げに東《ひんがし》に帰る今の我は、西に航せし昔の我ならず、学問こそなほ心に飽き足らぬところも多かれ、[10]浮き世の[9]憂きふしをも知りたり、人の心の頼みがたきは言ふもさらなり、我と我が心さへ変はりやすきをも悟り得たり。昨日の是は今日の非なる我が瞬間の感触を、筆に写して誰《たれ》にか見せむ。これや日記の成らぬ縁故なる、あらず、

5 さらぬも　そうでなくても。

6 動植金石　動物・植物・鉱物。

＊心ある人はいかにか見けむ　思慮分別のある人はどのように見ただろうか。

7 ニル・アドミラリイ　何事にも動かされないこと。外界に左右されない態度・精神。［ラテン語］nil admirari

8 気象　気性。気質。

9 憂きふし　つらい事柄。

10 言ふもさらなり　言うまでもない。

これには別に故あり。

ああ、ブリンヂイシイ[11]の港を出《い》でてより、はや二十日あまりを経ぬ。世の常ならば生面《せいめん》[12]の客にさへ交はりを結びて、旅の憂さを慰め合ふが航海の習ひなるに、微恙《びやう》[13]にことよせて房《へや》の内にのみこもりて、同行の人々にも物言ふことの少なきは、人知らぬ恨みに頭《かしら》のみ悩ましたればなり。この恨みは初め一抹の雲のごとく我が心をかすめて、スイスの山色をも見せず、イタリアの古跡にも心をとどめさせず、中ごろは世を厭《いと》ひ、身をはかなみて、腸《はらわた》[14]日ごとに九廻《きうくわい》すとも言ふべき惨痛を我に負はせ、今は心の奥に凝り固まりて、一点の翳《かげ》とのみなりたれど、文《ふみ》読むごとに、物見るごとに、鏡に映る影、声に応ずる響きのごとく、限りなき懐旧の情を呼び起こして、幾たびとなく我が心を苦しむ。ああ、いかにしてかこの恨

11 ブリンヂイシイ　アドリア海に臨むイタリアの港。ブリンディジ。

12 生面　初対面。

13 微恙　ちょっとした病気。

14 腸日ごとに九廻す　心の苦しみもだえるさま。中国の司馬遷《しばせん》の『任安に報ずるの書』に「腸一日に九廻す。」とある。

みを[15]銷《せう》せむ。もしほかの恨みなりせば、詩に詠じ歌によめる後は心地すがすがしくもなりなむ。これのみはあまりに深く我が心に彫《ゑ》りつけられたればさはあらじと思へど、今宵はあたりに人もなし、[16]房奴《ばうど》の来て電気線の鍵《かぎ》をひねるにはなほほどもあるべければ、[17]いで、その概略を文《ふみ》につづりてみむ。

④余は幼きころより*厳しき[18]庭の訓《をし》へを受けし甲斐《かひ》に、父をば早く失ひつれど、学問の荒《すさ》み衰ふることなく、[19]旧藩の学館に在《い》りし日も、東京に出でて[20]予備黌《よびくわう》に通ひしときも、大学法学部に入りし後も、太田豊太郎《おほたとよたらう》といふ名はいつも一級の首《はじめ》に記されたりしに、*一人子の我を力になして世を渡る母の心は慰みけらし。十九の歳《とし》には学士の称を受けて、大学の立ちてよりそのころまでにまたなき名誉なりと人にも言はれ、某《なにがし》省に出仕して、故郷なる母

15 銷せむ　消そう。
16 房奴　船室のボーイ。
17 いで　さあ。どれ。
＊厳しき庭の訓へを受けし甲斐に　厳しい家庭教育を受けたおかげで。
18 庭の訓へ　庭訓《ていきん》。家庭での教育。
19 旧藩の学館　藩校のこと。
20 予備黌　東京大学予備門。旧制第一高等学校の前身。
＊一人子の我を力になして世を渡る母の心は慰みけらし　一人っ子の私をよりどころとして暮らす母の心は慰められただろう。

を都に呼び迎へ、楽しき年を送ること三年《みとせ》ばかり、官長の[21]覚え殊なりしかば、洋行して[22]一課の事務を取り調べよとの命を受け、我が名を成さむも、我が家を興さむも、今ぞと思ふ心の勇み立ちて、五十を越えし母に別るるをもさまで悲しとは思はず、はるばると家を離れてベルリンの都に来ぬ。

余は[23]模糊《もこ》たる功名の念と、[24]検束に慣れたる[25]勉強力とを持ちて、たちまちこの[26]ヨオロッパの新大都の中央に立てり。なんらの光彩ぞ、我が目を射むとするは。なんらの色沢ぞ、我が心を迷はさむとするは。菩提樹下《ぼだいじゅか》と訳するときは、幽静なる境なるべく思はるれど、この[27]大道髪のごとき[28]ウンテル・デン・リンデンに来て両辺なる石だたみの人道を行く隊々《くみぐみ》の士女を見よ。胸張り肩そびえたる士官の、まだ[29]ウイルヘルム一世の街に臨める窓に倚《よ》りた

21 覚え　信任。
22 一課の事務　割り当てられた仕事。
23 模糊　はっきりしないさま。
24 検束　抑制。自己を規制すること。
25 勉強力　励み努力すること。
26 ヨオロッパの新大都　ベルリンのこと。
27 大道髪のごとき　大道のまっすぐなさまの形容。中国の儲光羲《ちょこうぎ》の『洛陽道《らくようどう》』に「大道直《なほ》くして髪のごとし。」とある。
28 ウンテル・デン・リンデン　ベルリンの中心街。ドイツ語で「菩提樹の下」の意。
29 ウイルヘルム一世　Wilhelm I　一七九七―一八八八年。プロシア王。ドイツを統一し、初代ドイツ皇帝になった。

まふころなりければ、様々の色に飾りなしたる礼装をなしたる、顔よき少女《をとめ》のパリまねびの粧《よそほ》ひしたる、かれもこれも目を驚かさぬはなきに、車道の[30]土瀝青《チャン》の上を音もせで走るいろいろの馬車、雲にそびゆる楼閣の少しとぎれたる所には、晴れたる空に夕立の音を聞かせてみなぎり落つる噴井《ふきゐ》の水、遠く望めば[31]ブランデンブルク門を隔てて緑樹枝をさし交はしたる中より、半天に浮かび出《い》でたる[32]凱旋塔《がいせんたふ》の神女の像、このあまたの景物[33]目睫《もくせふ》の間《かん》に集まりたれば、初めてここに来《こ》しものの*応接にいとまなきもうべなり。されど我が胸にはたとひいかなる境に遊びても、あだなる美観に心をば動かさじの誓ひありて、つねに我を襲ふ外物を遮りとどめたりき。

余が[34]鈴索《すずなは》を引き鳴らして謁を通じ、公《おほやけ》の紹介状を出だして[35]東来の意を告げし[36]プロシアの官員は、みな快く余を

30 土瀝青　アスファルト。
31 ブランデンブルク門　ウンテル・デン・リンデンの西端にある門。
32 凱旋塔　ブランデンブルク門の西北にあった戦勝記念塔。頂に勝利の女神が飾ってあった。
33 目睫の間　非常に近い距離。目睫は目とまつげ。
*応接にいとまなきもうべなり　一つ一つじっくり見ているひまがないのも当然である。
34 鈴索　訪問を知らせる鈴を鳴らすためのひも。

35 東来　東洋の国から来たこと。
36 プロシア　プロイセン。ドイツ帝国建設の中心とな

迎へ、*公使館よりの手つづきだに事なく済みたらましかば、何事にもあれ、教へもし伝へもせむと約しき。喜ばしきは、我がふるさとにて、ドイツ、フランスの語を学びしことなり。彼らは初めて余を見しとき、いづくにていつの間にかくは学び得つると問はぬことなかりき。

さて官事のいとまあるごとに、かねて公の許しをば得たりければ、ところの大学に入りて政治学を修めむと、[37]名を簿冊に記させつ。

ひと月ふた月と過ぐすほどに、公の打ち合はせも済みて、取り調べもしだいにはかどりゆけば、急ぐことをば報告書に作りて送り、さらぬをば写しとどめて、つひには幾巻《いくまき》をかなしけむ。大学のかたにては、幼き心に思ひ計りしがごとく、政治家になるべき特科の[38]あるべうもあらず、これかかれかと心迷ひながらも、二、三の[39]法家の

った王国。このころ日本では、ドイツ帝国全体をプロシアとも呼んだ。
＊公使館よりの手つづきだに事なく済みたらましかば　公使館からの手つづきさえ無事に済んだならば。

37 名を簿冊に記させつ　姓名を登録させた。

38 あるべうもあらず　あるべくもない。あるはずもない。
39 法家の講筵　法律学者の講義の席。

講筵《かうえん》に連なることに思ひ定めて、謝金を納め、行きて聴きつ。

かくて三年《みとせ》ばかりは夢のごとくにたちしが、時来れば包みても包みがたきは人の好尚[40]なるらむ、余は父の遺言を守り、母の教へに従ひ、人の神童なりなど褒むるがうれしさに怠らず学びしときより、官長のよき働き手を得たりと励ますが喜ばしさにたゆみなく勤めしときまで、ただ所動的[41]、器械的の人物になりて自ら悟らざりしが、今二十五歳になりて、すでに久しくこの自由なる大学の風に当たりたればにや[42]、心の中なにとなく穏やかならず、奥深く潜みたりしまことの我は、やうやう[43]表に現れて、昨日までの我ならぬ我を攻むるに似たり。余は我が身の今の世に雄飛すべき政治家になるにもよろしからず、またよく法典をそらんじて獄を断ずる[44]法律家になるにもふ

40 好尚　好み。欲望。

41 所動的　受け身の。

42 当たりたればにや　当たったからだろうか。

43 やうやう　ようやく。だんだん。

44 獄を断ずる　裁きをく

さはしからざるを悟りたりと思ひぬ。余はひそかに思ふやう、我が母は余を生きたる辞書となさむとし、我が官長は余を生きたる法律となさむとやしけむ。辞書たらむはなほ堪ふべけれど、法律たらむは忍ぶべからず。今までは[45]瑣々《ささ》たる問題にも、極めて丁寧に[46]いらへしつる余が、このころより官長に寄する書《ふみ》にはしきりに法制の細目にかかづらふべきにあらぬを論じて、一たび法の精神をだに得たらむには、*紛々たる万事は破竹のごとくなるべしなどと広言しつ。また大学にては法科の講筵をよそにして、歴史文学に心を寄せ、やうやく[47]蔗《しょ》を嚼《か》む境に入りぬ。

官長はもと心のままに用ゐるべき器械をこそ作らむとしたりけめ。独立の思想を抱きて、人なみならぬ面もちしたる男を、[48]いかでか喜ぶべき。危ふきは余が当時の地位なりけり。されどこれのみにては、なほ我が地位を覆す

だす。

45 瑣々たる　こまごまとした。ささいな。

46 いらへ　返答。

＊紛々たる万事は破竹のごとくなるべし　入り乱れた万事は竹を割るように一気に片づくだろう。

47 蔗を嚼む境　おもしろみが分かる境地。蔗境《しょきょう》。中国の『晋書《しんじょ》』の「顧愷之《こがいし》伝」に、顧愷之が甘蔗《かんしょ》を食べる時、きまって尾から本《もと》に至ることについて人が尋ねると、ようやく佳境に入ると顧愷之は言った、とある。

48 いかでか喜ぶべき　どうして喜ぶだろうか。

に足らざりけむを、日ごろベルリンの留学生のうちにて、ある勢力ある一群れと余との間に、おもしろからぬ関係ありて、かの人々は余を猜疑《さいぎ》し、またつひに余を讒誣《ざんぶ》[49]するに至りぬ。*されどこれとてもその故なくてやは。

かの人々は余がともに麦酒《ビイル》の杯《さかづき》をも挙げず、球突きの棒《キユウ》をも取らぬを、かたくななる心と欲を制する力とに帰して、かつは[50]嘲《あざけ》りかつは嫉《ねた》みたりけむ。されどこは余を知らねばなり。ああ、この故よし[51]は、我が身だに知らざりしを、いかでか人に知らるべき。我が心はかの合歓《ねむ》[52]といふ木の葉に似て、物触《さや》れば縮みて避けむとす。我が心は処女に似たり。余が幼きころより長者[53]の教へを守りて、学びの道をたどりしも、仕への道をあゆみしも、みな勇気ありてよくしたるにあらず、耐忍勉強の力と見えしも、みな自ら欺き、人をさへ欺きつるにて、人のたど

49 讒誣する　事実を曲げて人のことを悪く言う。
＊ されどこれとてもその故なくてやは　しかしこれにしてもその理由がないはずがあろうか、あったのだ。
50 かつは……かつは……　一方では……一方では……。
51 故よし　故由《ゆえよし》。いわれ。理由。
52 合歓　ねむの木。マメ科の落葉高木。その葉は夜閉じて垂れる。
53 長者　年長の人。目上の人。

らせたる道を、ただ一筋にたどりしのみ。よそに心の乱れざりしは、外物を捨てて顧みぬほどの勇気ありしにあらず、ただ外物に恐れて自ら我が手足を縛せしのみ。故郷を立ち出《い》づる前にも、我が有為[54]の人物なることを疑はず、また我が心のよく耐へむことをも深く信じたりき。ああ、彼も一時。舟の横浜を離るるまでは、あつぱれ豪傑と思ひし身も、*せきあへぬ涙に手巾[55]《しゆきん》をぬらしつるを我ながら怪しと思ひしが、これぞなかなかに我が本性なりける。この心は生まれながらにやありけむ、また早く父を失ひて母の手に育てられしによりてや生じけむ。

かの人々の嘲るはさることなり。されど嫉むはおろかならずや。この弱くふびんなる心を。

赤く白く面《おもて》を塗りて、赫然[56]《かくぜん》たる色の衣《ころも》をまとひ、珈琲店《カツフエエ》に座して客を引く女《をみな》を見ては、行きてこれに就か

54　有為　能力があること。

＊せきあへぬ涙に……我が本性なりける　とどめきれない涙にハンカチをぬらしたのを我ながらおかしいと思ったが、これこそむしろ私の本性だったのだ。

55　手巾　ハンカチ。

56　赫然たる　けばけばしい。

む勇気なく、高き帽をいただき、眼鏡に鼻を挟ませて、プロシアにては貴族めきたる鼻音にて物言ふ[57]レエベマンを見ては、行きてこれと遊ばむ勇気なし。これらの勇気なければ、かの活発なる同郷の人々と交はらむやうもなし。この交際の疎きがために、かの人々はただ余を嘲り、余を嫉むのみならで、また余を猜疑することとなりぬ。これぞ余が冤罪《ゑんざい》を身に負ひて、暫時の間に無量の[58]艱難《かんなん》を閲《けみ》しつくすなかだちなりける。

ある日の夕暮れなりしが、余は[59]獣苑《じうゑん》を漫歩して、ウンテル・デン・リンデンを過ぎ、我がモンビシュウ街の[60]僑《けう》居《きよ》に帰らむと、[61]クロステル巷《かう》の古寺の前に来《き》ぬ。余はかの灯火《ともしび》の海を渡り来て、この狭く薄暗き巷《こうぢ》に入り、楼上の[62]木欄《おばしま》に干したる敷布、襦袢《はだぎ》などまだ取り入れぬ人家、頬髭《ほほひげ》長き[63]ユダヤ教徒の翁《おきな》が戸前にたたずみたる居酒屋、

57 レエベマン　道楽者。遊び人。［ドイツ語］Lebemann

58 艱難　苦しみ。困難。

59 獣苑　ブランデンブルク門の西にある大森林公園をさす。

60 僑居　仮住まい。下宿。

61 クロステル巷　クロステル街。

62 木欄　手すり。

63 ユダヤ教　ユダヤ人の

一つの梯《はしご》はただちに楼《たかどの》に達し、他の梯は穴蔵住まひの鍛《か》冶《ぢ》が家に通じたる貸家などに向かひて、凹字の形に引き込みて建てられたる、この三百年前の遺跡を望むごとに、心の恍惚《くわうこつ》となりてしばしたたずみしこと幾たびなるを知らず。

今この所を過ぎむとするとき、閉ざしたる寺門の扉に倚《よ》りて、声をのみつつ泣くひとりの少女《をとめ》あるを見たり。年は十六、七なるべし。かむりし巾《きれ》を洩《も》れたる髪の色は、薄きこがね色にて、着たる衣は垢《あか》つき汚れたりとも見えず。我が足音に驚かされてかへりみたる面《おもて》、余に詩人の筆なければこれを写すべくもあらず。この青く清らにて物問ひたげに愁ひを含める目《まみ》の、半ば露を宿せる長き睫《まつ》毛《げ》に覆はれたるは、何故に一顧したるのみにて、用心深き我が心の底までは徹したるか。

宗教。絶対唯一神ヤハウェ（エホバ）を信奉し、モーゼの律法を奉ずる。聖典は旧約聖書。

彼[64]ははからぬ深き嘆きに遭ひて、前後を顧みるいとまなく、ここに立ちて泣くにや。我が臆病《おくびやう》なる心は憐憫《れんびん》の情に打ち勝たれて、余は覚えずそばに寄り、「何故に泣きたまふか。ところ[65]に係累なき外人《よそびと》は、かへりて力を貸しやすきこともあらむ。」と言ひ掛けたるが、我ながら我が大胆なるにあきれたり。

彼は驚きて我が黄なる面をうち守りしが、我が真率なる心や色[66]に現れたりけむ。「君は善き人なりと見ゆ。彼のごとくむごくはあらじ。また我が母のごとく。」しばし涸《か》れたる涙の泉はまたあふれて愛らしき頰を流れ落つ。

「我を救ひたまへ、君。我が恥なき人とならむを。母は我が彼の言葉に従はねばとて、我を打ちき。父は死にたり。明日は葬らではかなはぬに、家に一銭の貯《たくは》へだになし。」

64 彼　この少女をさす。「彼」は明治時代まで男女の区別なく用いられていた。
65 ところに係累なき　つながりのある人をこの地に持たない。
66 色　表情。

あとは欷歔《ききよ》[67]の声のみ。我が眼《まなこ》はこのうつむきたる少女《をとめ》の震ふ項《うなじ》にのみ注がれたり。

「君が家《や》に送り行かむに、まづ心を鎮めたまへ。声をな人に聞かせたまひそ。ここは往来なるに。」＊彼は物語するうちに、覚えず我が肩に倚りしが、このときふと頭《かしら》をもたげ、また初めて我を見たるがごとく、恥ぢて我がそばを飛びのきつ。

人の見るが厭《いと》はしさに、早足に行く少女の跡につきて、寺の筋向かひなる大戸を入れば、欠け損じたる石の梯あり。これを上りて、四階目に腰を折りてくぐるべきほどの戸あり。少女はさびたる針金の先をねぢ曲げたるに、手を掛けて強く引きしに、中にはしはがれたる老媼《おうな》の声して、「誰《た》ぞ。」と問ふ。エリス帰りぬと答ふる間もなく、戸をあららか[68]に引き開《あ》けしは、半ば白みたる髪、悪《あ》しき

67 欷歔　すすり泣き。

＊声をな人に聞かせたまひそ　泣き声を人に聞かせてはなりません。

68 あららかに　荒々しく。

相にはあらねど、貧苦の跡を額《ぬか》に印《しる》せし面の老媼にて、古き[69]獣綿の衣《ころも》を着、汚れたる上靴を履きたり。エリスの余に会釈して入るを、彼は待ちかねしごとく、戸を激しくたて切りつ。

余はしばし茫然《ばうぜん》として立ちたりしが、ふと油灯《ラムプ》の光に透かして戸を見れば、エルンスト・ワイゲルトと漆もて書き、下に仕立物師と注したり。これ[70]すぎぬといふ少女が父の名なるべし。内には言ひ争ふごとき声聞こえしが、また静かになりて戸は再び開きぬ。先の老媼は慇懃《いんぎん》におのが無礼の振る舞ひせしをわびて、余を迎へ入れつ。戸の内は[71]厨《くりや》にて、右手《めて》の低き窓に、真白に洗ひたる麻布を掛けたり。左手《ゆんで》には粗末に積み上げたる煉瓦《れんぐわ》のかまどあり。正面の一室の戸は半ば開きたるが、内には白布《しらぬの》を覆へる[72]臥床《ふしど》あり。伏したるはなき人なるべし。かまどのそ

69 獣綿　ラシャ。羊毛を原料とした厚地の毛織物。

70 すぎぬ　死んだ。

71 厨　台所。

72 臥床　ベッド。

ばなる戸を開きて余を導きつ。この所はいはゆるマンサルド[73]の街に面したる一間《ひとま》なれば、天井もなし。隅の屋根裏より窓に向かひて斜めに下がれる梁《はり》を、紙にて張りたる下の、立たば頭《かしら》のつかふべき所に臥床あり。中央なる机には美しき氈《かも》[74]を掛けて、上には書物一、二巻と写真帳とを並べ、陶瓶《たうへい》[75]にはここに似合はしからぬ価《あたひ》高き花束を生けたり。そが傍らに少女《をとめ》は羞《はぢ》を帯びて立てり。

彼は優れて美なり。乳《ち》のごとき色の顔は灯火《ともしび》に映じて微紅《うすくれなゐ》を潮《さ》[76]したり。手足のか細くたをやかなるは、貧家の女《をみな》に似ず。老媼《おうな》の室《へや》を出《い》でし後にて、少女は少しなまりたる言葉にて言ふ。「許したまへ。君をここまで導きし心なさを。君は善き人なるべし。我をばよも憎みたまはじ*。明日に迫るは父の葬《はふ》り、たのみに思ひしシヤウムベルヒ、君は彼を知らでやおはさむ。彼はヴイクトリア[77]

73　マンサルド　屋根裏部屋。［フランス語］mansarde

74　氈　毛織りのテーブル・クロス。
75　陶瓶　陶製の花瓶。
76　潮したり　帯びている。

＊　よも憎みたまはじ　まさかお憎みにならないでしょう。
77　ヴイクトリア座　ウンテル・デン・リンデンの北東にあった劇場。

座の座頭《ざがしら》なり。彼が抱へ[78]となりしより、はや二年《ふたとせ》なれば、事なく我らを助けむと思ひしに、人の憂ひにつけ込みて、身勝手なる言ひ掛け[79]せむとは。我を救ひたまへ、君。金[*]をば薄き給金をさきて返しまゐらせむ。よしや[80]我が身は食らはずとも。それもならずば母の言葉に。」彼は涙《まみ》ぐみて身を震はせたり。その見上げたる目には、人に否とは言はせぬ媚態《びたい》あり。この目の働きは知りてするにや、また自らは知らぬにや。

我が隠しには二、三マルク[81]の銀貨あれど、それにて足るべくもあらねば、余は時計をはづして机の上に置きぬ。「これにて一時の急をしのぎたまへ。質屋の使ひのモンビシユウ街三番地にて太田と訪ね来《こ》む折には価を取らすべきに。」

少女は驚き感ぜしさま見えて、余が辞別《わかれ》のために出だ

78 抱へ　雇われ人。

79 言ひ掛け　言いがかり。

＊ 金をば薄き給金をさきて返しまゐらせむ　お金は少ない給料を割いてお返しいたしましょう。

80 よしや　たとえ。

81 マルク　当時のドイツの貨幣単位。現在は、ユーロが使われる。［ドイツ語］Mark

したる手を唇に当てたるが、はらはらと落つる熱き涙《なんだ》を我が手の背《そびら》に注ぎつ。

ああ、なんらの悪因ぞ。この恩を謝せむとて、自ら我が僑居《けうきよ》に来し少女は、[82]ショオペンハウエルを右にし、[83]シルレルを左にして、終日《ひねもす》[84]兀坐《こつざ》する我が読書の窓下に、一輪の名花を咲かせてけり。このときを初めとして、余と少女との交はりやうやくしげくなりもてゆきて、同郷人にさへ知られぬれば、彼らは[85]速了にも、余をもて色を舞姫の群れに漁するものとしたり。我ら二人の間にはまだ[86]痴騃《ちがい》なる歓楽のみ存じたりしを。

その名を指さむは憚《はばか》りあれど、同郷人の中に事を好む人ありて、余がしばしば芝居に出入りして、女優と交はるといふことを、官長のもとに報じつ。[87]さらぬだに余がすこぶる学問の岐路に走るを知りて憎み思ひし官長は、

82　ショオペンハウエル　Arthur Schopenhauer　一七八八―一八六〇年。ドイツの哲学者。ショーペンハウアー。

83　シルレル　Friedrich von Schiller　一七五九―一八〇五年。ドイツの詩人・劇作家。シラー。

84　兀坐　じっと座っていること。

85　速了にも　早合点して。

86　痴騃　子供っぽいさま。

87　さらぬだに　そうでなくてさえ。

つひに旨を公使館に伝へて、我が官を免じ、我が職を解いたり。公使がこの命を伝ふるとき余に言ひしは、御身《おんみ》もし即時に郷に帰らば、[88]路用を給すべけれど、もしなほここに在らむには、公《おほやけ》の助けをば仰ぐべからずとのことなりき。余は一週日の猶予を請ひて、とやかう[89]と思ひ煩ふうち、我が生涯にてもつとも悲痛を覚えさせたる二通の書状に接しぬ。この二通はほとんど同時に出《い》だしものなれど、一は母の自筆、一は親族なる某《なにがし》が、母の死を、我がまたなく慕ふ母の死を報じたる書《ふみ》なりき。余は母の書中の言をここに反覆するに堪へず、涙の迫り来て筆の運びを妨ぐればなり。

余とエリスとの交際は、このときまではよそ目に見るより清白なりき。彼は父の貧しきがために、充分なる教育を受けず、十五のとき舞の師のつのり[90]に応じて、この

88 路用　旅費。

89 とやかうと　あれこれと。

90 つのり　募集。

恥づかしき業《わざ》を教へられ、クルズス[91]果てて後、ヴイクトリア座に出でて、今は場中第二の地位を占めたり。されど詩人ハツクレンデル[92]が当世の奴隷と言ひしごとく、はかなきは舞姫の身の上なり。薄き給金にてつながれ、昼の温習[93]、夜の舞台と厳しく使はれ、芝居の化粧部屋に入りてこそ紅粉をも粧《よそほ》ひ、美しき衣をもまとへ、場外にては独り身の衣食も足らずがちなれば、親はらからを養ふものはその辛苦いかにぞや。されば彼らの仲間にて、卑しき限りなる業に堕《お》ちぬはまれなりとぞいふなる。エリスがこれを逃れしは、おとなしき性質と、剛気ある父の守護とによりてなり。彼は幼きときより物読むことをばさすがに好みしかど、手に入るは卑しきコルポルタアジユ[94]と唱ふる貸本屋の小説のみなりしを、余と相知るころより、余が貸しつる書を読みならひて、やうやく趣味を

91 クルズス　講習。課程。［ドイツ語］Kursus
92 ハツクレンデル　Friedrich Wilhelm von Hackländer 一八一六―七七年。ドイツの作家。ハックレンダー。
93 温習　おさらい。
94 コルポルタアジユ　行商。［フランス語］colportage

も知り、言葉のなまりをも正し、いくほどもなく余に寄する文《ふみ》にも誤字少なくなりぬ。かかれば余ら二人の間にはまづ師弟の交はりを生じたるなりき。我が不時の免官を聞きしときに、彼は色を失ひつ。余は彼が身の事にかかはりしを包み隠しぬれど、彼は余に向かひて母にはこれを秘めたまへと言ひぬ。こは母の余が学資を失ひしを知りて余を疎んぜむを恐れてなり。

ああ、詳しくここに写さむも要なけれど、余が彼を愛《め》づる心のにはかに強くなりて、つひに離れ難き仲となりしはこの折なりき。我が一身の大事は前に横たはりて、まことに危急存亡の秋《とき》なるに、この行ひありしをあやしみ、またそしる人もあるべけれど、余がエリスを愛する情は、初めて相見しときよりあさくはあらぬに、今我が[95]数奇《さくき》を哀れみ、また別離を悲しみて伏し沈みたる面《おもて》に、

95 数奇　不運。不幸せ。

鬢《びん》の毛の解けてかかりたる、その美しき、いぢらしき姿は、余が悲痛感慨の刺激によりて常ならずなりたる脳髄を射て、*恍惚《くわうこつ》の間《かん》にここに及びしをいかにせむ。公使に約せし日も近づき、我が命《めい》は迫りぬ。このままにて郷に帰らば、学成らずして汚名を負ひたる身の[96]浮かぶ瀬あらじ。さればとてとどまらむには、学資を得べき手だてなし。

このとき余を助けしは今我が同行の一人なる相沢謙吉《あひざはけんきち》なり。彼は東京に在りて、すでに天方《あまがた》伯の秘書官たりしが、余が免官の官報に出《い》でしを見て、某新聞紙の編集長に説きて、余を社の通信員となし、ベルリンにとどまりて政治学芸のことなどを報道せしむることとなしつ。

社の報酬は言ふに足らぬほどなれど、すみかをもうつし、午餐《ひるげ》に行く食店《たべものみせ》をもかへたらむには、かすかなる

＊恍惚の間にここに及びしをいかにせむ　心奪われている間にこうなってしまったのをどうしたらよいのか。

96 浮かぶ瀬　苦境から抜け出る機会。

暮らしは立つべし。[97]とかう思案するほどに、心の誠を顕《あらは》して、助けの綱を我に投げ掛けしはエリスなりき。彼はいかに母を説き動かしけむ、余は彼ら親子の家に寄寓《きぐう》することとなり、エリスと余とはいつよりとはなしに、有るか無きかの収入を合はせて、憂きが中にも楽しき月日を送りぬ。

朝の珈琲《カッフエエ》果つれば、彼は温習に行き、さらぬ日には家にとどまりて、余は[98]キョオニヒ街の間口狭く奥行きのみいと長き休息所に赴き、あらゆる新聞を読み、鉛筆取り出でてかれこれと材料を集む。この切り開きたる[99]引き窓より光を取れる室《へや》にて、定まりたる業《わざ》なき若人、多くもあらぬ金を人に貸して己は遊び暮らす老人、取引所の業の暇を盗みて足を休むる商人《あきうど》などと臂《ひぢ》を並べ、冷ややかなる石卓《いしづくゑ》の上にて、忙はしげに筆を走らせ、小女《こをんな》が持

97 とかう　とかく。あれこれと。

98 キョオニヒ街　ケーニヒ街。

99 引き窓　綱を引いて開閉する天窓。

てくる[100]一盞《ひとつき》の珈琲の冷むるをも顧みず、空きたる新聞の細長き板ぎれに挟みたるを、幾種《いくいろ》となく掛け連ねたるかたへの壁に、幾たびとなく往来《ゆきき》する日本人を、知らぬ人は何とか見けむ。また一時近くなるほどに、温習に行きたる日には帰り路《ぢ》に[101]よぎりて、余とともに店を立ち出づるこの常ならず軽き、[102]掌上の舞をもなし得つべき少女《をとめ》を、怪しみ見送る人もありしなるべし。

我が学問は荒《すさ》みぬ。屋根裏の一灯かすかに燃えて、エリスが劇場より帰りて、椅子《いす》に寄りて縫ひ物などするそばの机にて、余は新聞の原稿を書けり。昔の法令条目の枯れ葉を紙上にかき寄せしとは[103]殊にて、今は活発々《くわつはつはつ》たる政界の運動、文学美術にかかはる新現象の批評など、かれこれと結び合はせて、力の及ばむ限り、[104]ビヨルネよりはむしろ[105]ハイネを学びて思ひを構へ、様々の文《ふみ》を作りし

100　一盞　一杯。

101　よぎりて　立ち寄って。

102　掌上の舞　身振りのごく軽い舞。中国の『飛燕《ひえん》外伝』に「漢の趙《てう》飛燕、よく掌上の舞をなす。」とある。

103　殊にて　異なって。

104　ビヨルネ　Ludwig Börne 一七八六―一八三七年。ドイツの文芸評論家。ベルネ。

105　ハイネ　Heinrich Heine 一七九七―一八五六年。ドイツの詩人。

中にも、引き続きてウイルヘルム一世とフレデリック三[106]世との[107]崩殂《ほうそ》ありて、[108]新帝の即位、[109]ビスマルク侯の進退いかんなどのことにつきては、ことさらにつまびらかなる報告をなしき。さればこのころよりは思ひしよりも忙はしくして、多くもあらぬ蔵書をひもとき、旧業を尋ぬることも難く、大学の籍はまだ削られねど、謝金を納むることの難ければ、ただ一つにしたる講筵《かうえん》だに行きて聴くことはまれなりき。

我が学問は荒みぬ。されど余は別に一種の見識を長じき。そをいかにと言ふに、およそ民間学の流布したることは、欧州諸国の間にてドイツにしくはなからむ。幾百種の新聞雑誌に散見する議論にはすこぶる高尚なるも多きを、余は通信員となりし日より、かつて大学にしげく通ひし折、養ひ得たる[110]一隻の眼孔もて、読みてはまた読

106 フレデリック三世 Friedrich III 一八三一—一八八年。一八八八年三月、父ウィルヘルム一世の死によって跡を継いだが、六月に死去。フリードリッヒ三世。

107 崩殂 崩御。

108 新帝 フレデリック三世の子、ウィルヘルム二世（一八五九—一九四一年）。

109 ビスマルク Otto Eduard Leopold von Bismarck 一八一五—九八年。ドイツの政治家。鉄血宰相と言われた。ドイツ統一の功労者。新帝ウィルヘルム二世と政策上の意見が対立し、一八九〇年三月辞職した。

110 一隻の眼孔 一つの眼《め》。

み、写してはまた写すほどに、今まで一筋の道をのみ走りし知識は、おのづから総括的になりて、同郷の留学生などの大かたは、夢にも知らぬ境地に至りぬ。彼らの仲間にはドイツ新聞の*社説をだによくはえ読まぬがあるに。

明治二十一年の冬は来にけり。表街《おもてまち》の人道にてこそ砂をも蒔《ま》け、鍤《すき》をもふるへ、クロステル街のあたりは凸凹[111]坎坷《かんか》の所は[112]見ゆめれど、表のみは一面に凍りて、朝《あした》に戸を開けば飢ゑ凍えし雀《すずめ》の落ちて死にたるも哀れなり。室《へや》を温め、かまどに火をたきつけても、壁の石を通し、衣の綿をうがつ北ヨオロツパの寒さは、[113]なかなかに堪へ難かり。エリスは二、三日前の夜、舞台にて卒倒しつとて、人に助けられて帰り来《こ》しが、それより心地悪《あ》しとて休み、物食ふごとに吐くを、悪阻《つはり》といふものならむと初めて心づきしは母なりき。ああ、さらぬだにおぼつかなきは我

ものを見通すすぐれた見識をいう。

＊社説をだによくはえ読まぬがあるに　社説さえ満足に読めない者がいるのに。

111 坎坷　平らでないこと。また、行き悩むこと。

112 見ゆめれど　見えるようだが。

113 なかなかに　なまじのことでは。

が身の行く末なるに、もしまことなりせばいかにせまし。

今朝は日曜なれば家に在れど、心は楽しからず。エリスは床に臥《ふ》すほどにはあらねど、小さき鉄炉[114]のほとりに椅子さし寄せて言葉少なし。このとき戸口に人の声して、ほどなく[115]庖厨《はうちゆう》に在りしエリスが母は、郵便の書状を持て来て余に渡しつ。見れば見覚えある相沢が手なるに、郵便切手はプロシアのものにて、[116]消印にはベルリンとあり。いぶかりつつも開きて読めば、とみのことにてあらかじめ知らするに由なかりしが、昨夜《よべ》ここに着せられし天方大臣につきて我も来たり。伯の汝《なんぢ》を[117]見まほしとのたまふに疾《と》く来《こ》よ。汝が名誉を回復するもこのときにあるべきぞ。心のみ急がれて用事をのみ言ひやるとなり。読み終はりて茫然たる面もちを見て、エリス言ふ。「故郷よりの文《ふみ》なりや。*悪しき便りにてはよも。」彼は例の新聞社

114 鉄炉　鉄製のストーブ。

115 庖厨　台所。

116 とみのこと　急なこと。

117 見まほし　会いたい。

＊悪しき便りにてはよも　悪い知らせではまさかないでしょうね。

の報酬に関する書状と思ひしならむ。「否、心にな掛けそ。御身も名を知る相沢が、大臣とともにここに来て我を呼ぶなり。急ぐといへば今よりこそ。」

かはゆき独り子を出《い》だしやる母もかくは心を用ゐじ。大臣に[118]まみえもやせむと思へばならむ、エリスは[119]病をつとめて起《た》ち、[120]上襦袢《うはじゆばん》も極めて白きを選び、丁寧にしまひ置きし[121]ゲエロックといふ二列ぼたんの服を出だして着せ、[122]襟飾りさへ余がために手づから結びつ。

「これにて見苦しとは誰《たれ》もえ言はじ。我が鏡に向きて見たまへ。何故にかく不興なる面もちを見せたまふか。我ももろともに行かまほしきを。」少し容《かたち》をあらためて。「否、かく衣《ころも》を改めたまふを見れば、なにとなく我が豊太郎の君とは見えず。」また少し考へて。「よしや富貴になりたまふ日はありとも、我をば見捨てたまはじ。我が

118　まみえもやせむ　面会もするだろうか。
119　病をつとめて　病をおして。
120　上襦袢　ワイシャツ。
121　ゲエロック　フロックコート。男性用の昼間の礼服。［ドイツ語］Gehrock
122　襟飾り　ネクタイ。

病は母のたまふごとくならずとも。」
「何、富貴。」余は微笑しつ。「政治社会などに出でむの望みは絶ちしより幾年《いくとせ》をか経ぬるを。大臣は見たくもなし。ただ年久しく別れたりし友にこそ会ひには行け。」エリスが母の呼びし一等[123]ドロシュケは、輪下にきしる雪道を窓の下まで来ぬ。余は手袋をはめ、少し汚れたる外《ぐわい》套《たう》を背に覆ひて手をば通さず帽を取りてエリスに接吻《せつぷん》して楼《たかどの》を下りつ。彼は凍れる窓を開け、乱れし髪を[124]朔風《さくふう》に吹かせて余が乗りし車を見送りぬ。

余が車を下りしは[125]カイゼルホオフの入り口なり。門者《かどもり》に秘書官相沢が室《へや》の番号を問ひて、久しく踏み慣れぬ大理石の階《きざはし》を上り、中央の柱に[126]プリユツシユを覆へる[127]ゾフアを据ゑつけ、正面には鏡を立てたる[128]前房に入りぬ。外套をばここにて脱ぎ、廊《わたどの》をつたひて室の前まで行きしが、

123 ドロシュケ 一頭立ての辻《つじ》馬車。[ドイツ語] Droschke

124 朔風 北風。
125 カイゼルホオフ ホテルの名。
126 プリユツシユ 毛織りビロード。[フランス語] peluche
127 ゾフア ソファ。長椅子。[ドイツ語] Sofa
128 前房 ロビー。

余は少し踟《ち》躕《ちゅ》[129]したり。同じく大学に在りし日に、余が品行の方正なるを激賞したる相沢が、今日はいかなる面もちして出で迎ふらむ。室に入りて相対して見れば、形こそ旧《もと》に比ぶれば肥えてたくましくなりたれ、依然たる快活の気象、我が失行をもさまで意に介せざりきと見ゆ。別後の情を細叙するにもいとまあらず、引かれて大臣に謁し、委託せられしはドイツ語にて記せる文書《もんじょ》の急を要するを翻訳せよとのことなり。余が文書を受領して大臣の室を出でしとき、相沢は後より来て余と午餐《ひるげ》を共にせむと言ひぬ。

食卓にては彼多く問ひて、我多く答へき。彼が生路[130]はおほむね平滑なりしに、轗軻《かんか》[131]数奇《さくき》なるは我が身の上なりければなり。

余が胸臆《きょうおく》を開いて物語りし不幸なる閲歴を聞きて、彼

129　踟躕　ためらうこと。
130　生路　生活の道。生きてきた道。
131　轗軻　不遇。

はしば〳〵驚きしが、なかなかに余を責めむとはせず、かへりて他の凡庸なる諸生輩をののしりき。されど物語の終はりしとき、彼は色を正していさむるやう、この一段のことはもと生まれながらなる弱き心より出《い》でしなれば、今さらに言はむも甲斐《かひ》なし。とはいへ、学識あり、才能あるものが、いつまでか一少女《をとめ》の情にかかづらひて、目的なき生活《なりはひ》をなすべき。今は天方伯もただドイツ語を利用せむの心のみなり。己もまた伯が当時の免官の理由を知れるが故に、強ひてその成心[132]を動かさむとはせず、伯が心中にて曲庇者[133]《きよくひもの》なりなんど思はれむは、朋友《ほういう》に利なく、己に損あればなり。人を薦むるはまづその能を示すにしかず。これを示して伯の信用を求めよ。またかの少女との関係は、よしや彼に誠ありとも、よしや情交は深くなりぬとも、人材を知りての恋にあらず、慣習といふ

132 成心　心にある考え。思い込み。
133 曲庇者　道理を曲げて人をかばう者。

一種の惰性より生じたる交はりなり。意を決して断てと。これその言《こと》のおほむねなりき。

大洋に舵《かぢ》を失ひし舟人が、はるかなる山を望むごときは、相沢が余に示したる前途の方針なり。されどこの山はなほ重霧の間に在りて、いつ行きつかむも、否、はたして行きつきぬとも、我が中心[134]に満足を与へむも定かならず。貧しきが中にも楽しきは今の生活、捨て難きはエリスが愛。*我が弱き心には思ひ定めむよしなかりしが、しばらく友の言に従ひて、この情縁を断たむと約しき。余は守るところを失はじと思ひて、己に敵するものには抗抵[135]すれども、友に対して否とはえ答へぬが常なり。

　別れて出づれば風面《おもて》を打てり。二重《ふたへ》の玻璃《ガラス》窓を厳しく鎖《とざ》して、大いなる陶炉[136]に火をたきたるホテルの食堂を出でしなれば、薄き外套を透《とほ》る午後四時の寒さはことさら

134 中心　心の中。胸中。
＊我が弱き心には思ひ定めむよしなかりしが　私の弱い心には決心するすべもなかったが。
135 抗抵　抵抗。
136 陶炉　陶製の暖炉。

に堪へ難く、膚粟立《はだへあはだ》つとともに、余は心の中に一種の寒さを覚えき。

翻訳は一夜になし果てつ。カイゼルホオフへ通ふことはこれよりやうやくしげくなりもて行くほどに、初めは伯の言葉も用事のみなりしが、後には近ごろ故郷にてありしことなどを挙げて余が意見を問ひ、折に触れては道中にて人々の失錯[137]ありしことどもを告げてうち笑ひたまひき。

一月ばかり過ぎて、ある日伯は突然我に向かひて、「余は明旦[138]《あす》、ロシアに向かひて出発すべし。従ひて来《く》べきか。」と問ふ。余は数日間、かの公務にいとまなき相沢を見ざりしかば、この問ひは不意に余を驚かしつ。「いかで命に従はざらむ。」余は我が恥を表さむ。この答へはいち早く決断して言ひしにあらず。余は己が信じて

137 失錯　失策。しくじり。

138 明旦　明日の朝。

頼む心を生じたる人に、卒然ものを問はれたるときは、咄嗟《とっさ》の間《かん》、その答への範囲をよくも量らず、ただちにうべなふことあり。さてうべなひし上にて、そのなし難きに心づきても、強ひて当時[139]の心虚《うつろ》なりしを覆ひ隠し、耐忍してこれを実行することしばしばなり。

この日は翻訳の代《しろ》に、旅費さへ添へて賜りしを持て帰りて、翻訳の代をばエリスに預けつ。これにてロシアより帰り来《こ》むまでの費えをば支へつべし[140]。彼は医者に見せしに常ならぬ身[141]なりといふ。貧血の性《さが》なりし故、幾月か心づかでありけむ。座頭《ざがしら》よりは休むことのあまりに久しければ籍を除きぬと言ひおこせつ。まだ一月ばかりなるに、かく厳しきは故あればなるべし。旅立ちのことにはいたく心を悩ますとも見えず。偽りなき我が心を厚く信じたれば。

139　当時　その時。

140　支へつべし　支えることができるだろう。

141　常ならぬ身　尋常ではない体。

鉄路にては遠くもあらぬ旅なれば、用意とてもなし。身に合はせて借りたる黒き礼服、新たに買ひ求めたる[142]ゴタ板《ばん》の[143]魯《ろ》廷《てい》の貴族譜、二、三種の辞書などを、小カバンに入れたるのみ。さすがに心細きことのみ多きこのほどなれば、出《い》で行く跡に残らむも物憂かるべく、また停車場にて涙こぼしなどしたらむには＊うしろめたかるべければとて、翌朝早くエリスをば母につけて[144]知る人がり出だしやりつ。余は旅装整へて戸を鎖《とざ》し、鍵《かぎ》をば入り口に住む靴屋の主人に預けて出でぬ。

魯《ろ》国《こく》行きにつきては、何事をか叙すべき。我が[145]舌人《ぜつじん》たる任務《つとめ》はたちまちに余を拉《らっ》し去りて、[146]青雲の上に落としたり。余が大臣の一行に従ひて、[147]ペエテルブルクに在りし間に余を[148]囲繞《ゐねう》せしは、パリ絶頂の[149]驕奢《けうしや》を、氷雪のうちに移したる王城の粧飾《さうしよく》、ことさらに[150]黄蠟《わうらふ》の燭《しよく》を幾つとも

142 ゴタ板　中部ドイツの小都市ゴタで刊行された書物で、ヨーロッパ各地の貴族の系図や宮廷行事などを記したシリーズ。
143 魯廷　ロシアの宮廷。
＊うしろめたかるべければとて　（私も）気がかりであろうというので。
144 知る人がり　知人のもとへ。
145 舌人　通訳。
146 青雲　高位高官。ロシアの宮廷をさす。
147 ペエテルブルク　帝政ロシアの首府。現在のサンクトペテルブルグ。
148 囲繞　取り囲むこと。
149 驕奢　ぜいたく。
150 黄蠟の燭　ミツバチの巣から製した黄色いろうそく。

なくともしたるに、幾星《いくせい》の勲章、幾枝《いくし》の[151]エポレットが映射する光、[152]彫鏤《てうる》の巧みを尽くしたる[153]カミンの火に寒さを忘れて使ふ宮女の扇のひらめきなどにて、この間フランス語を最も円滑に使ふものは我なるが故に、[154]賓主の間に周旋して事を弁ずるものもまた多くは余なりき。

この間余はエリスを忘れざりき、否、彼は日ごとに書《ふみ》を寄せしかばえ忘れざりき。余が立ちし日には、いつになく独りにて灯火に向かはむことの心憂さに、知る人のもとにて夜に入るまで物語りし、疲るるを待ちて家に帰り、ただちに寝《い》ねつ。次の朝《あした》目覚めしときは、なほ独り跡に残りしことを夢にはあらずやと思ひぬ。起き出でしときの心細さ、かかる思ひをば、生計《たつき》に苦しみて、今日の日の食なかりし折にもせざりき。これ彼が第一の書のあらましなり。

151　エポレット　肩章。

152　彫鏤　彫刻して飾りをほどこすこと。

153　カミン　壁に取りつけた暖炉。

154　賓主　客と主人。

またほど経ての書《ふみ》はすこぶる思ひ迫りて書きたるごとくなりき。文《ぶん》をば否といふ字にて起こしたり。否、君を思ふ心の深き底《そこひ》をば今ぞ知りぬる。君はふるさとに頼もしき族《やから》なしとのたまへば、この地によき世渡りの生計《たつき》あらば、*とどまりたまはぬことやはある。また我が愛もてつなぎ留めではやまじ。それもかなはで東《ひんがし》に帰りたまはむとならば、親とともに行かむはやすけれど、かほどに多き路用をいづくよりか得む。いかなる業をなしてもこの地にとどまりて、君が世に出《い》でたまはむ日をこそ待ためと常には思ひしが、しばしの旅とて立ち出でたまひしよりこの二十日ばかり、別離の思ひは[155]日にけに茂りゆくのみ。袂《たもと》を分かつはただ一瞬の苦艱《くかん》なりと思ひしは迷ひなりけり。我が身の常ならぬがやうやくに[156]しるくなれる、それさへあるに、よしやいかなることありとも、*我をば

＊とどまりたまはぬことやはある　とどまってくださらないことがあるでしょうか、いや、ありません。

155 日にけに　日を追って。日増しに。

156 しるく　著しく。目立つように。

＊我をばゆめな捨てたま

ゆめな捨てたまひそ。母とはいたく争ひぬ。されど我が身の過ぎしころには似で思ひ定めたるを見て心折れぬ。我が東に行かむ日には、ステッチン[157]わたり[158]の農家に、遠き縁者あるに、身を寄せむとぞ言ふなる。書きおくりたまひしごとく、大臣の君に重く用ゐられたまはば、我が路用の金はともかくもなりなむ。今はひたすら君がベルリンに帰りたまはむ日を待つのみ。

ああ、余はこの書を見て初めて我が地位を明視し得たり。恥づかしきは我が鈍き心なり。余は我が身一つの進退につきても、また我が身にかかはらぬ他人《ひと》のことにつきても、決断ありと自ら心に誇りしが、この決断は順境にのみありて、逆境にはあらず。我と人との関係を照らさむとするときは、頼みし胸中の鏡は曇りたり。

大臣はすでに我に厚し。されど我が近眼[159]はただ己が尽

ひそ　私をけっして捨てないでください。

157　ステッチン　ベルリンの北東約一三〇キロメートルにある都市。現在はポーランド領。シチェチン。

158　わたり　あたり。

159　近眼　将来が見通せないこと。近視眼。

くしたる職分をのみ見き。余はこれに未来の望みをつなぐことには、神も知るらむ、絶えて思ひ至らざりき。されど今ここに心づきて、我が心はなほ冷然たりしか。先に友の勧めしときは、大臣の信用は[160]屋上の鳥のごとくなりしが、今はややこれを得たるかと思はるるに、相沢がこのごろの言葉の端に、本国に帰りて後もともにかくてあらば云々《しかじか》と言ひしは、大臣のかくのたまひしを、友ながらも公事《おほやけごと》なれば明らかには告げざりしか。今さら思へば、余が軽卒にも彼に向かひてエリスとの関係を絶たむと言ひしを、早く大臣に告げやしけむ。

ああ、ドイツに来《こ》し初めに、自ら我が本領を悟りきと思ひて、また器械的人物とはならじと誓ひしが、こは足を縛して放たれし鳥のしばし羽を動かして自由を得たりと誇りしにはあらずや。足の糸は解くに由なし。先にこ

160 屋上の鳥　取ろうとしても手の届かないもの。とらえ難いもののたとえ。

れを操りしは、我が某省の官長にて、今はこの糸、あなあはれ、天方伯の手中に在り。余が大臣の一行とともにベルリンに帰りしは、[161]あたかもこれ新年の旦《あした》なりき。停車場に別れを告げて、我が家をさして車を駆りつ。ここにては今も除夜に眠らず、元旦に眠るが習ひなれば、万戸寂然たり。寒さは強く、路上の雪は[162]稜角《りょうかく》ある氷片となりて、晴れたる日に映じ、きらきらと輝けり。車はクロステル街に曲がりて、家の入り口に駐《とど》まりぬ。このとき窓を開く音せしが、車よりは見えず。[163]馭丁《ぎょてい》にカバン持たせて梯《はしご》を上らむとするほどに、エリスの梯を駆け下るに会ひぬ。彼が一声叫びて我が項《うなじ》を抱《いだ》きしを見て馭丁はあきれたる面もちにて、何やらむ髭《ひげ》のうちにて言ひしが聞こえず。

「よくぞ帰り来たまひし。帰り来たまはずば我が命は絶

161 あたかもこれ　ちょうど。

162 稜角ある　かどのとがった。

163 馭丁　御者。

えなむを。」

我が心はこのときまでも定まらず、故郷を思ふ念と栄達を求むる心とは、時として愛情を圧せむとせしが、ただこの一刹那《せつな》、[164]低徊踟躕《ていくわいちちゅ》の思ひは去りて、余は彼を抱き、彼の頭《かしら》は我が肩に倚《よ》りて、彼が喜びの涙ははらはらと肩の上に落ちぬ。

「幾階か持ちて行くべき。」と鑼《どら》のごとく叫びし馭丁は、いち早く上りて梯の上に立てり。

戸の外に出《い》で迎へしエリスが母に、馭丁をねぎらひたまへと銀貨を渡して、余は手を取りて引くエリスに伴はれ、急ぎて室《へや》に入りぬ。一瞥《いちべつ》して余は驚きぬ、机の上には白き木綿、白きレエスなどをうづたかく積み上げたれば。

エリスはうち笑みつつこれを指して、「何とか見たま

164 低徊 思いに沈みながら行きつ戻りつすること。考えあぐむこと。

ふ、この心がまへを。」と言ひつつ一つの木綿ぎれを取り上ぐるを見れば[165]襁褓《むつき》なりき。「我が心の楽しさを思ひたまへ。産まれむ子は君に似て黒き瞳《ひとみ》をや持ちたらむ。この瞳。ああ、夢にのみ見しは君が黒き瞳なり。産まれたらむ日には君が正しき心にて、*よもあだし名をば名のらせたまはじ。」彼は頭《かうべ》を垂れたり。「幼しと笑ひたまはんが、[166]寺に入らむ日はいかにうれしからまし。」見上げたる目には涙満ちたり。

二、三日の間は大臣をも、旅の疲れやおはさむとてあへて訪《とぶら》はず、家にのみこもりをりしが、ある日の夕暮れ使ひして招かれぬ。行きてみれば待遇殊にめでたく、ロシア行きの労を問ひ慰めて後、我とともに東《ひんがし》に帰る心なきか、君が学問こそ我が測り知るところならね、語学のみにて世の用には足りなむ、滞留のあまりに久しければ、

165 襁褓　おむつ。産着。

* よもあだし名をば名のらせたまはじ　まさかあなたと別の姓を名乗らせるようなことはなさらないでしょう。

166 寺に入らむ日　幼児の洗礼のために教会に行く日。

様々の係累もやあらむと、相沢に問ひしに、さることなしと聞きて落ちゐたり[167]とのたまふ。その気色《けしき》いなむべくもあらず。あなやと思ひしが、さすがに相沢の言《こと》を偽りなりとも言ひ難きに、もしこの手にしもすがらずば、本国をも失ひ、名誉を引きかへさむ道をも絶ち、身はこの広漠たる欧州大都の人の海に葬られむかと思ふ念、心頭を衝《つ》いて起これり。ああ、なんらの特操[168]なき心ぞ、「承りはべり。」と答へたるは。

[169]黒がねの額《ぬか》はありとも、帰りてエリスに何とか言はむ。ホテルを出《い》でしときの我が心の錯乱は、たとへむに物なかりき。余は道の東西をも分かず、思ひに沈みて行くほどに、行き合ふ馬車の馭丁に幾たびか叱《しっ》せられ、驚きて飛びのきつ。しばらくしてふとあたりを見れば、獣苑《じゅうえん》の傍らに出でたり。倒るるごとくに道の辺《べ》の腰掛けに倚り

167 落ちゐたり　安心した。
168 特操　常に守っているみさお。
169 黒がねの額　鉄面皮。あつかましいこと。
170 榻背　ベンチの背。
171 寸　長さの単位。一寸は約三センチメートル。
172 モハビット　ベルリン市北西の地域名。モアビット。
173 カルル街　シュプレー川の北岸を東西に通ずる街路。

て、焼くがごとく熱し、椎《つち》にて打たるるごとく響く頭《かしら》を[170]榻背《たふはい》に持たせ、死したるごときさまにて幾時《いくとき》をか過ごしけむ。激しき寒さ骨に徹すと覚えて覚めしときは、夜に入りて雪はしげく降り、帽のひさし、外套の肩には一[171]寸ばかりも積もりたりき。

もはや十一時をや過ぎけむ、[172]モハビット、[173]カルル街通ひの[174]鉄道馬車の軌道も雪に埋《うづ》もれ、[175]ブランデンブルゲル門のほとりの瓦斯《ガス》灯は寂しき光を放ちたり。立ち上らむとするに足の凍えたれば、両手にてさすりて、やうやく歩み得るほどにはなりぬ。

足の運びのはかどらねば、クロステル街まで来《こ》しときは、[176]半夜をや過ぎたりけむ。ここまで来し道をばいかに歩みしか知らず。一月上旬の夜なれば、ウンテル・デン・リンデンの酒家、茶店はなほ人*の出入り盛りにてに

174 鉄道馬車　レール上を馬車で走り、人を乗せて運ぶ交通機関。馬車鉄道。

175 ブランデンブルゲル門　ブランデンブルク門のこと。
176 半夜　真夜中。

ぎはしかりしならめど、ふつに覚えず。我が脳中にはただただ我は許すべからぬ罪人《つみびと》なりと思ふ心のみ満ち満ちたりき。

四階の屋根裏には、エリスはまだ寝《い》ねずとおぼしく、[177]炯然《けいぜん》たる一星の火、暗き空にすかせば、明らかに見ゆるが、降りしきる鷺《さぎ》のごとき雪片に、たちまち覆はれ、たちまちまた顕《あらは》れて、風にもてあそばるるに似たり。戸口に入《い》りしより疲れを覚えて、身の節《ふし》の痛み堪へ難ければ、這《は》ふごとくに梯を上りつ。庖厨《はうちゆう》を過ぎ、室《へや》の戸を開きて入りしに、机に倚りて襁褓《むつき》縫ひたりしエリスは振り返へりて、「あ。」と叫びぬ。「いかにかしたまひし。御身の姿は。」

驚きしもうべなりけり、蒼然《さうぜん》として[178]死人に等しき我が面色、帽をばいつの間にか失ひ、髪はおどろと乱れて、

＊人の出入り盛りにてにぎはしかりしならめど、ふつに覚えず　人の出入りが盛んでにぎやかであったろうが、全く覚えていない。

177 炯然たる　きらきらと明るい。

178 おどろと　ぼうぼうと。

幾たびか道にてつまづき倒れしことなれば、衣は泥まじりの雪に汚れ、所々は裂けたれば。

余は答へむとすれど声出《い》でず、膝《ひざ》のしきりにをののかれて立つに堪へねば、椅子をつかまむとせしまでは覚えしが、そのままに地に倒れぬ。

人事を知るほどになりしは数週《すしう》の後なりき。熱激しくて譫語《うはこと》のみ言ひしを、エリスが懇《ねもご》ろにみとるほどに、ある日相沢は訪ね来て、余が彼に隠したる顚末《てんまつ》をつばらに[179]知りて、大臣には病のことのみ告げ、よきやうに繕ひおきしなり。余は初めて病床に侍するエリスを見て、その変はりたる姿に驚きぬ。彼はこの数週のうちにいたくやせて、血走りし目はくぼみ、灰色の頰は落ちたり。相沢の助けにて日々の生計《たつき》には窮せざりしが、この恩人は彼を精神的に殺ししなり。

179　つばらに　詳しく。つぶさに。

後に聞けば彼は相沢に会ひしとき、余が相沢に与へし約束を聞き、またかの夕べ大臣に聞こえ上げし[180]一諾を知り、にはかに座より躍り上がり、面色さながら土のごとく、「我が豊太郎ぬし[181]、かくまでに我をば欺きたまひしか。」と叫び、その場に倒れぬ。相沢は母を呼びて共に助けて床に臥《ふ》させしに、しばらくして覚めしときは、目は直視したるままにて傍らの人をも見知らず、我が名を呼びていたくののしり、髪をむしり、布団を噛《か》みなどし、またにはかに心づきたるさまにて物を探り求めたり。母の取りて与ふる物をばことごとく投げうちしが、机の上なりし襁褓を与へたるとき、探りみて顔に押し当て、涙を流して泣きぬ。

これよりは騒ぐことはなけれど、精神の作用はほとんど全く廃して、その痴なること赤児《あかご》のごとくなり。医に

180 聞こえ上げし　申し上げた。
181 ぬし　敬称で、様、さん、の意。

見せしに、過激なる心労にて急に起こりしパラノイア[182]といふ病なれば、治癒の見込みなしと言ふ。ダルドルフ[183]の[184]癲狂院《てんきやうゐん》に入れむとせしに、泣き叫びて聴かず、後にはかの襁褓一つを身につけて、幾たびか出しては見、見ては欷《き》歔《きよ》す。余が病床をば離れねど、これさへ心ありてにはあらずと見ゆ。ただ折々思ひ出したるやうに「薬を、薬を。」と言ふのみ。

余が病は全く癒《い》えぬ。エリスが生ける屍《かばね》を抱きて千行《ちすぢ》の涙を注ぎしは幾たびぞ。大臣に従ひて帰東の途に上りしときは、相沢と議《はか》りてエリスが母にかすかなる生計《たつき》を営むに足るほどの資本を与へ、あはれなる狂女の胎内に遺《のこ》しし子の生まれむをりのことをも頼みおきぬ。

　ああ、相沢謙吉がごとき良友は世にまた得難かるべし。されど我が脳裏に一点の彼を憎むこころ今日までも残れ

182　パラノイア　偏執症。精神障害の一種。体系的な妄想が存在するが、その他の点では人格の障害はない。パラノイアについては、時代・人によって見解が異なっており、この作品の当時は、今日より広い範囲の症状をさした。［ドイツ語 Paranoia］

183　ダルドルフ　ベルリンの北約一〇キロメートルにある町。

184　癲狂院　精神病院。

りけり。

資料篇

資料の収録にあたって

『舞姫』関係資料として、次の三点を収録した。

(1) 星新一『祖父・小金井良精の記』(昭和四十九年二月、河出書房新社)から「資料・エリス」を収録。築地精養軒ホテルに滞在したドイツ女性と応接した小金井良精の日記が引用してある。当時の状況の重要な証言である。

この女性の姓名は、関係者からは遂に明かされなかった。中川浩一・沢護の調査により「Miss Elise Wiegert、ミス・エリーゼ・ヴィーゲルト」と判明した。(昭和56年〈一九八一〉5月26日付「朝日新聞」夕刊)

(2) 小金井喜美子『鷗外の思ひ出』(昭和三十一年一月、八木書店)から「兄の帰朝」を収録。森家側の証言として重要。

(3) 前田愛『都市空間のなかの文学』(一九八二年十二月、筑摩書房)から『BERLIN 1888』(「舞姫」)の3、4章を収録。

『舞姫』は従来〈近代的自我のめざめと挫折〉の物語と読まれてきた。前田愛は〈都市空間〉を分節化し、対立する空間構造を分析し、新たな読みを呈示した。『舞姫』はベルリンという〈世界都市〉に入り込んだ異国の青年の物語であり、ウンテル・デン・リンデンの遠近法的空間〈外部空間〉からエリスの迷宮的空間〈内部空間〉に入り込んだ豊太郎が、最終的にはエリスを破滅させ、再び〈外部空間〉に帰還していく〈神話的〉構図を持つ作品であると捉えている。中心空間から境界的空間を経て周縁空間を渡る媒介者として豊太郎を見据えている。

資料・エリス

星　新一

——喜美子の「次ぎの兄」の一節の要約——

家へ北海道から包みがつきました。

木をくりぬいた椀《わん》は、油濃いニシンを盛るのに使うためか、てらてらと黒檀《こくたん》のように光っています。酒を飲む時、ひげを上げるのに使う、西洋の紙切りのような彫刻をした木片。弓矢などの武器や機織《はたおり》道具。そういったアイノの手道具で、あたりがいっぱいになりました。

カビが生えやすく、掃除に困りました。これらは、のちに西洋の民族博物館に寄付してしまいました。

良精が北海道で集めた品々である。

9月10日より、講義および卒業試験がはじまった。暑中休暇をまるまる調査旅行でつぶし、すぐさま連日の大学への出勤である。良精は大学が好きなのだった。

14日〈午後四時、帰宅。食事をし、千住へ行く〉

帰朝した森林太郎を、自宅に訪問したのである。ベルリン以来、四年目の対面であった。ドイツの話がつきなかったにちがいない。いまや良精は、林太郎の義弟という関係になっている。もっとも、良精のほうが年長ではあるが。

17日〈石黒忠悳氏を訪問〉。22日〈浜田玄達氏、来訪〉。いずれも林太郎とともに帰朝した人である。なお、浜田はさきに死亡した清水郁太郎のあとをつぎ、産婦人科の教授となる。良精とは同期で、とくに仲がよかった。

留学生たちが帰朝するにつれ、日本人の教授がふえ、医学部は着実にめざす方向に進んでいる。良精にとっても喜ばしいことだった。ところが……。

この明治21年は、良精に関してなぜか多忙な年であった。

24日〈今朝、篤次郎氏教室に来り、森（林太郎）氏事件云々《うんぬん》の談話あり。夕景（夕刻）千住に至り相談。時を移し、一二時半、帰宅〉

25日〈午後三時半、教室よりただちに築地、西洋軒に至り、事件のドイツ婦人に面会、種々談判の末、六時すぎ帰宅〉

帰朝した林太郎のあとを追って、ドイツから女性がやってきたのである。森家ではその処理に困り、応対を良精に依頼した。親戚であり、ほかに適任者が思いつかなかったためであった。

——喜美子の「次ぎの兄」の一節を要約——

九月二四日の早朝に千住からお母《か》あ様がおいでになって、お兄《に》い様があちらで心安くなさった女が追ってきて、築地の精養軒にいるというのです。私は目を見はって驚きました。

お兄い様はご帰朝の晩に、その話をお父《と》う様になさったそうです。ただ普通の関係の女だけれど、自分はそんな人を扱う事はごく不得手《ふえて》なのに、多くの留学生のなかには、面白がって森家の生活が豊かなようにうわさし、そそのかす者がいる。根が正直な婦人だから、真《ま》に受けて「日本に行く」と言ったそうです。踊や手芸が上手で、日本で自活する気で、「手先が器用なぐらいでは無理だ」とさとしても、思いとどまらなかったようです。

それから、主人の精養軒がよいがはじまりました。お兄いさん（篤次郎）は町の案内などします。気軽な人ですから、エリスともすぐ親しくなったのでしょう。私が「どんなようすですか」と、お兄いさんに聞きますと「僕は毎日、語学の勉強をしているよ」と笑って平気なので、人がこんなに心配しているのにと、ほんとにくらしく思いました。

9月26日〈午後二時前、弘田氏をともない帰宅。三時半、出でて築地西洋軒に至る。いよいよ帰国云々。篤（次郎）氏も来る。ともに出て千住に至る。相談をとげ九時半、帰宅〉

弘田長は良精と同期生で、この年の4月に帰朝した。仲がよく、この件の処理について知恵を借りたようである。

それにしても、日記文はものたりない。彼女についての描写がまるでないのだ。

「次ぎの兄」には、わずかにこうある。

「なに、小柄な美しい人だよ。ちっとも悪気のなさそうな。どんなにか富豪の子のように思いつめているのだから。ずいぶん罪なことをする人もあるものだ」

良精は喜美子に聞かれ、これだけしか答えていない。篤次郎による説明も、つぎの言葉だけである。

「エリスはまったく善人だね。むしろ、少したりないぐらいに思われる。どうして、あんな人となじみになったのだろう」

それにしても、良精の説得はみごとである。二日目の面会で、彼女を翻意させ、帰国する気にさせてしまった。良精自身、留学中に短期間だがある女性と関係があり、その結末を自分でつけている。また、後輩たちに相談を持ちこまれ、その女性問題の解決に口をきいたことが何回もあったようだ。

ドイツの大学教授風の身ぶりと、ゆっくりした口調とで話すと、相手は従わなければならない気分になってしまうのだろう。そして、解決法は金銭しかない。ほかに方法はないのである。

かつて良精は、榊老人から「近く帰国する息子から、送金の依頼があった。どうしたものだろう」との相談を受けたことがあった。この時、良精が送金不要と答えていたら、榊俶も女性問題で帰国がごたついたにちがいない。

なお、良精の日記の西洋軒は精養軒の誤記だが、原文のまま記載しつづけることにする。かくして、この件も解決と思われたが、そううまく進展はしなかった。

27日〈午後四時より集談会に出席。医学会は欠席す。五時半すぎ出て築地西洋軒に至る。林太郎氏すでに来てあり。暫時にして去る〉

良精の日記は、自己の行動をしめくくって終るのが特徴で、この場合、暫時にして帰ったのは良精のほうである。この日、林太郎と女性とは、二人きりで夕刻をすごした。

良精の日記には〈午後五時ごろ帰宅。在宅〉の文の日がつづく。アイノの品々の整理に熱中していた。

10月2日〈三時半、教室を出て長谷川泰君を訪う。不在。これより築地西洋軒に至る。模様よろし。六時帰宅。晩食後、牛込、小松家を訪問。これより原（桂仙）君を見舞う。同君、病気思わしからず……〉

3日〈今朝、教室へ原君より使い来り、ベルツ氏の来訪をたのみたしと。同氏に面会し、このことを約す……〉

4日〈一二時、教室を出て築地西洋軒に至る。林太郎氏の手紙を持参す。こと敗る。ただちに帰宅〉
女性の件について、空白の日記がしばらくつづく。
12日〈夕刻、賀古氏きたる。森林太郎氏についての話なり。ともに晩食す〉
14日〈午後三時、牛込、小松精一君を訪う。これより築地に至る。林太郎氏あり。帰宅、晩食、千住へ行き、一一時に帰る〉
15日〈午後二時すぎ教室を出て、築地に至り、今日の横浜行を延引す〉
16日〈午後二時、築地西洋軒に至る。林太郎氏きたりおる。二時四五分、汽車を以て三人同行す。横浜、糸屋に投宿す。篤次郎氏、待ち受けたり。晩食後、馬車道、太田町、弁天通を遊歩す〉
17日〈午前五時、起く。七時半、艀舟《はしけ》を以て発し、本船General Werderまで見送る。九時、出帆す。九時四五分の汽車を以て帰京。一一時半、帰宅。午後三時ごろ、きみ子とともに小石川辺を遊歩す〉
「なんとか、きげんよく帰っていったよ」
良精は喜美子に、この程度のことしか話さなかったにちがいない。新婚そうそうの妻であり、林太郎は喜美子にとって、大事なお兄い様である。このような微妙な問題に関して、真相をそのまま話せるわけがなかった。

喜美子もまた、それ以上は突っこんで聞けなかった。だから「兄の帰朝」という思い出の記も、もどかしい感じの作品である。

交渉役をやらされた小金井良精の日記という、新しい資料を読むことができた。しかし、もどかしい感じはいっそう大きくなる。もう少しくわしく書いておいてくれたらばと、残念でならない。

林太郎を追ってきた女性の人物像は、依然としてぼやけたままである。彼女の、また林太郎の心理の変化も、なぞのまま。想像はひろがるばかりである。

良精の説得で話がまとまりかけた。当事者の林太郎は顔を出すべきでないのに、彼女に会いに行っている。なつかしさのあまりの行動なのだろうか。良精のすすめ、あるいは了解の上での面会なのだろうか。彼女の滞在中、良精の日記にはないが、ほかにも何回か会っているのではなかろうか。

林太郎の手紙を、良精は彼女のところに持参した。なにが書いてあったのだろう。なぜ彼女は感情を害したのだろう。

彼女が去る時、林太郎、篤次郎、良精の三人が、横浜へ一泊して見送っている。円満な別れであったようだ。良精が熱心だったのは最初のうちだけで、あとはさほどでもなかったようである。金銭の調達という事務的なことが残っただけだったためか、林太郎と彼女とのあいだの、精神的な解決を必要としたためか。

彼女の素性も、少しも明らかになっていない。たちの悪い留学生が、森家は富豪だとおだてたという。しかし、陸軍からの留学費は年に千円、良精が文部省から受けたのは年に二千円。半分であり、文部省の留学生にくらべ、はるかに質素な生活を迫られていたはずである。

ドイツには貴族が軍人になるという伝統があり、林太郎は軍医だった。そのせいかとも思うが、軍人と軍医とはちがう。軍医になる貴族は、ドイツにもあまりいなかったのではなかろうか。

ふしぎでならないのは、彼女が来た旅費の出所である。良精の場合、東京・ベルリン間が二等船客で一三〇〇マルク（七二〇円）だった。留学費を見てわかる通り、大変な金額である。踊りや手芸などで貯められる金ではない。林太郎からもらった手切金だったのではなかろうか。林太郎はこういうことに不器用で、金を渡したはいいが、話をはっきりつけなかった。女は少したりないぐらい気がよく、軽く考えてやって来たとも考えられる。

あれこれ考えているうち、空白部分を想像と推理で埋め、小説ができそうな気にもなってきた。しかし、それはこの場合の、私の本意ではない。

現在において、幻の女となっている。彼女を知る日本人は、留学生はじめ、かなりいたはずである。それなのに語り伝えられることなく、消えうせてしまった。当時の人たちは、みな口がかたかったようである。

林太郎はのちに(明治43年)「普請中」という小説を書いている。やってきた旧知の外人女性と精養軒で会う話である。この一件を思い出しながら、それを書いたのではなかろうか。

作家としての林太郎の処女作は、明治23年の「舞姫」である。日本人留学生と、ドイツ女性との恋物語。その名がエリスで、日本に来た女と同名とされている。

しかし、良精の日記に、エリスという名は書かれていない。はたしてエリスという名だったのかどうかも怪しい。うわさがひろまるのを防ぐため、良精が考え出した仮の名かもしれない。

留学中に良精は、ある女性とつきあっていた。前にのべた未亡人とはちがう。抑制された日記文なので断定はできないが、片思いの恋であったらしい。手紙を往復し、明治17年のクリスマスには、友人たちとの会合を抜け出し、贈り物をとどけに行っている。だが、それ以上に進むことはなかった。名は不明で、ただEとだけ略されている。あるいは、その名がエリスだったのかもしれない。どんな容姿の、どんな年齢の、どんな階級の女性だったのだろう。

想像はとめどなくひろがる一方。泥沼のごとく、きりがない。

（『祖父・小金井良精の記』所収）

兄の帰朝

小金井喜美子

兄が洋行から帰られたのは、明治二十一年九月八日のことでした。家内中が幾年かの間待暮してゐたのですから、その年も春が過ぎてからは、その噂ばかりしてゐました。少し前に帰朝された人に、「年寄達に様子を話して下さい」とお頼みでしたので、その方が訪ねて下すつて、親切にいろいろ話して下さいました。日常生活から、部屋の様子、器具の置場などまでして話して下さるので、どんなだらうか、あんなだらうかと想像をも加へて、果がありません。

「夜帰つて来て、幾階もある階段を昇るのに、長い蠟マッチに火を附けて持ちます。それが消える頃には部屋の前に著きます」と聞いた弟は、細長い棒を持つて来て、「これくらゐですか」などと尋ねます。

「いゝえ、そんなに長くはありません。箱をポケットに入れて、消えれば次のを擦ります。どこでも擦れば附きますから、五分マッチともいひます。」

さうした話を、何んでも珍しく聞くのでした。

祖母は夫が旅で終つた遠い昔を忘れないので、「旅に出た人は、その顔を見るまでは安心が出来ませんよ」といはれます。母は、「そんな縁起でもないことを仰しやつて」と、嫌な顔をなさいますが、心の中では一層心配してゐられるのです。親戚西氏の近親の林氏は人に知られた方でしたが、洋行された留守宅で、商人を呼寄せて何か拡げさせて興じてゐた最中に、不幸の電報が届いたとのことで、その話には誰も心を打たれました。ですから、「慎んで待受けねば」といふ気持が強いのでした。

かねて父の往診用の人力車はあつたのですが、兄の帰朝のためにとまた一台新調して、出入の車夫には新しい法被を作つて与へました。帰朝の日には新橋まで迎ひに出すといふ心組でした。

ところが兄は、同行の上官石黒氏を始め、その外にも連があつて、陸軍省から差廻しの馬車ですぐにお役所へ行かれましたので、出迎へは不用になりました。

私は早くから千住の家へ行つて待つてゐました。兄はあちこち廻つて帰られたので大分後れましたけれども、どこかで連絡があつたと見えて、橘井堂医院の招牌のあるところから曲つて見えた時は、大勢に囲まれてお出でした。土地がらでせう、法被を著た人なども後から大勢附いて来ました。そして揃つて今日の悦びをいふのでした。父がその人達に挨拶をします。気の利いた仲働が、印ばかりの酒を出したやうです。家の中では、旧い書生達まで集つて来て悦びをいひます。祖母は気丈な人でしたけれど、お辞儀をしただけで、涙ばかり拭いて、物はいはれませんかつた。私はそれを見て、同じ様に涙が止りませんでした。父はにこにこして煙草を吸はれるだけ、盛に話すのは次兄一人です。

やがて私は、家の車で送つて貰つて帰りました。その頃小金井は東片町に住んでゐました。始めは弓町でしたが、家主が、「明地があるから」といつて建てゝくれたのです。弓町では二棟借りてゐました。国許から母と妹とが来たので狭くなつたからです。東片町は畠の中の粗末な普請です。庭先に大工の普請場があつて、終日物音が絶えません。新築がつぎつぎに出来るためでせう。向ひ側には緒方正規氏が前から住んでゐられましたが、そこはお広いやうでした。その頃郵便局のあつた横町から這入るので、左へ曲ると行止りになる袋小路でした。小金井はアイヌ研究のために北海道へ二箇月の旅行をして、この月六日に帰つたばかり、それで十日からは授業を始めますし、卒業試問もあるといふのです。その頃はそんな時に試験があつたのでした。その準備もせねばならず、北海道からは発掘した荷物が来るのですから、繁忙を極めてゐました。

その頃の東片町は、夜になると寂しいところでした。私の部屋のある四畳半は客間の続きですが、雨戸なしの硝子戸だけでした。いつか雨続きの頃、主人は会があつて不在の晩、静かに本を読んでゐる内に夜が更けました。ふと気が附くと、窓の前でペタッ、ペタッといふ音がします。何かしら、と首を傾けても分りません。暫くすると、また音がします。高いところから物の落ちる音ですが、それが柔かに響くのです。気味が悪いけれど、思切つて硝子戸を少し開けて、手ランプを出して見ましたら、やつと分りました。それは大きな蝦蟇が窓の灯を慕つて飛上り、体が重いのでまたしても地面に落る音なのでした。蹲つてこちらを見る目が光つてゐます。翌日早速厚い窓掛を拵へました。その家は、私共が引移つた後には長岡半太郎氏が長く住んでゐられました。

話が脇路へ反れました。兄は帰朝後、新調の車で毎日役所へ通はれます。私は閑があれば兄を訪ひました。私への土産は、駝鳥の羽を赤と黒とに染めたのを、幾本か細いブリキの筒へ入れたのです。御出発なさる時に湖月抄と本間《ほんけん》の琴とを買つていたゞきましたから、「もう十分ですのに」とは申しましたが、若い時ですからやはり喜びました。その羽を覚つかない手附で帽子に綴ぢつけなどしました。

さうして九月もいつか二十日ほど過ぎた或日、独逸の婦人が兄の後を追つて来て、築地の精養軒にゐるといふ話を聞いた時は、どんなに驚いたでせうか。婦人の名はエリスといふのです。次兄がそのことを大学へ知らせに来たので、主人は授業が終るとすぐ様子を聞くために千住へ行つたといふ知らせがありました。さあ心配でたまりません。無事に帰朝されて、やつと安心したばかりですのに、どんな人なのだらう。まさか詰らない人と知合になどとは思ひますけれど、それまで主人の知己の誰彼が外国から女を連れて帰られて、その扱ひに難儀をしてゐられるのもあるし、残して来た先方への送金に、ひどくお困りなさる方のあることなども聞いてゐたものですから、それだけ心配になるのでした。

夜更けて帰つた主人に、どんな様子かと聞いて見ても、簡単に分る筈がありません。たゞ好人物だといふのに安心しました。事情も分つたらそれほど無理もいふまいとの話に頼みを懸けたのです。

それから主人は、日毎といふやうに精養軒通ひを始めました。非常に忙しい中を繰合せて行くのです。次兄はまだ学生ですし、語学も不十分です。兄は厳しい人目があります。軍服を著て、役所の帰りに女に逢ひには行かれません。それに較べると主人は気楽ですから、千住では頼りにして、頻りに縋られます。父は性質として齷齪なさいません。どうにかなるだらうくらゐの様子でしたが、母は痩せるほどの苦労をなさいました。何しろ日本の事情や森家の様子を、納得の行くやうに、ゆつくり話さねばなりません。かれこれする内に月も変りました。

その頃の主人の日記に、「今日は模様宜し」とか、「今日はむつかし」などと書いてありますのは、エリスとのことでせう。前にもいつたやうに、北海道で発掘した人骨を詰めた荷物がつぎつぎと著きますので、それらは決して人任せにはせられません。どんな破片でも大切なのですから。但しそれで忙しいのは楽しみらしいのですが、今度のことは、私としては、兄のためといふばかりでなく、父母のためにも、いひかへれば家の名誉のためにも尽力して貰ひたいと思ふのですから、主人の日々の食事にも気を附け、そろそろ寒くなるにつけて、夜は暖かにしてなどと気を配ります。もともと主人は洋行中から名代の病人だつたので、たゞ養生一つで持ちこたへてゐたのでした。私が小金井へ来ました時、「よく評判の病人のところへよこしたなあ」と笑つたくらゐです。今度のことは、すらすら運ぶ用事とは違ひますから、主人も千住へ行くと、夜更けに車で送つて貰ふのです。用談も手間取りますが、さうした中でも未開な北海道の旅行中に幾度も落馬したこと、アイヌ小屋で蚤袋といふ大きな袋に這入つて寝て睡りかねたこと、前日乗つた馬が綱を切つて逃げたために、土人と共に遠路をとぼとぼ歩いたことなどを話して、心配中の人々を暫時でも笑はせなどしました。

日記にはなほ賀古氏と相談したともしてあります。賀古氏も定めし案じて下すつたのでせう。でも直接その話には関係なさらなかつたやうです。

十月十七日になつて、エリスは帰国することになりました。だんだん周囲の様子も分り、自分の思違へしてゐたことにも気が附いてあきらめたのでせう。もともと好人物なのでしたから。その出発に就いては、出来るだけのことをして、土産も持たせ、費用その外の雑事はすべて次兄が奔走しました。前晩から兄と次兄と主人とがエリスと共に横浜に一泊し、翌朝は五時に起き、七時半に艀舟で本船ジェネラル、ウェルダーの出帆するのを見送りました。在京は一月足らずでした。思へばエリスも気の毒な人でした。留学生達が富豪だなどといふのに欺かれて、単身はるばる尋ねて来て、得るところもなくて帰るのは、智慧が足りないといへばそれまでながら、哀れなことと思はれます。

後、兄の部屋の棚の上には、緑の繻子で作つた立派なハンケチ入れに、MとRとのモノグラムを金絲で鮮かに縫取りしたのが置いてありました。それを見た時、噂にのみ聞いて一目も見なかつた、人のよいエリスの面影が私の目に浮びました。

（『鷗外の思ひ出』所収）

BERLIN 1888（抜粋）

前田 愛

3

ウンテル・デン・リンデンの一角から、ブランデンブルク門や凱旋塔の神女像を望見した太田豊太郎にとって、このプロシャ帝国の首都を要約する言葉は、「欧羅巴の新大都」でなければならなかった。この言葉には、明治日本の留学生としてヨーロッパのメトロポリスと相見えた鷗外自身の実感と判断が生かされているが、じつはその背後に、普仏戦争の目ざましい勝利を手に入れたドイツ人の自負と誇りを、想定することも許されていいのだ。鷗外の留学に先立つ一八七〇年代に、ドイツのジャーナリズムをいっとき賑わせていた合言葉のひとつが、「世界的都市（Weltstadt）としてのベルリン」だったからである。

「われわれは、現代のバビロン――パリを征服した。パリは、聖ジョージの槍の下にあるドラゴンさながらにわれわれの足許にひれ伏している。かつて世界の首都であったパリの没落はまぎれもない事実であり、わがベルリンはそれにとってかわるだろう。……ベルリンは現在八〇万の市民を擁しているが、ここ一両年のうち百万をこえることが予想される。ベルリンは、ペテルブルクとウィーンを追いぬいたばかりでなく、やがてコンスタンチノープルやパリと肩を並べ、ロンドンに拮抗する大都市になるにちがいない」――これはヴィゼッテリイが紹介している「クロイツ・ツァイトゥング」の論調である。[1] 事実、戦後のベルリン風景を一変させたのは、街頭にあふれだしたおびただしい群衆の流れだった。高級レストランではテーブルの予約を台なしにされた客の苦情をしょっちゅう受け入れなければならなかったし、会合の席ではこういう遅刻の言い訳が定り文句のようにくりかえされる、「混雑のせいでほんの百メートルしか馬車が進まなかった」。「ノイエ・ヴェルトシュタットへ」という甘い呪文にかりたてられて、ブランデンブルク、ポメラニア、ポーゼンの各地方から、労働者の大移動がはじまったのもこの七〇年代である。十九世紀が半ばをこえた一八五一年には四〇万にすぎなかったベルリンの人口は、一八七一年には八二万、一八七七年には一〇〇万、鷗外が帰国の途についた一八八八年には、一五〇万に達した。『舞姫』という作品は、この炸裂する「世界都市」にまぎれこんだ異国の青年のものがたりとしてうけとめなければならないのである。

一八三三年に出版された銅版のベルリン市街図を見ると、道路と広場がかたちづくるパターンから、ベルリン市内が三つの区域に切りわけられることが一目で判る。[2] その第一はシュプレー川を挟んで対峙しているケルン地区と古《アルト》ベルリン地区である。城壁と運河を外周にめぐらした楕円形のこの地域は、弧状の街路と放射状の街路が錯雑したパターンを織りだしている。各ブロックは中心から外側にむかってひらいた扇形なのだ。その内部には、採光と通風にめぐまれたオープン・スペースがたっぷり残されている。ゆるやかな弧線を描く建物の正面《ファサード》はすばらしい眺めで、落ちついた中世的な雰囲気をただよわせている。その起原はとおく十三世紀にさかのぼることができるベルリンの古層である。

第二の地域は、シュプレー川の左岸、ウンテル・デン・リンデンの南北にひろがるフリードリッヒシュタット地区とドロテーンシュタット地区で、十八世紀の初頭にフリードリッヒ・ヴィルヘルム大選挙侯の手で開発された。整然とした格子状の街路パターンが印象的だ。最南端のベル・アリアンス広場を起点として北に向う三本の放射状の幹線道路――リンデン通り、フリードリッヒ通り、ヴィルヘルム通り――と、フリードリッヒ通りに直交して東西に走る約一マイルのウンテル・デン・リンデン通りが、この格子形の構造を引きしめている。中心部にはフランス教会とドイツ教会、周辺にはパリゼル広場とライプチッヒ広場がそれぞれ配置される。総じてこの地域は、イタリアやフランスからはじまったバロックの都市計画が忠実に写されているのだ。

第三の地域は、シュプレー川の北岸、ケーニヒシュタット地区とシュパンダウ地区である。この地域は中世都市のおもかげをのこしている古ベルリンやケルン地区とも、またバロックふうのフリードリッヒシュタットやドロテーンシュタットとも異なった街路のパターンをもっている。郊外に伸びる不規則な放射状の街路にはまったく計画性がない。都市のスプロール現象の兆しが、地図のうえからもはっきりと読みとれる地域である。

以上の三つの地域の街路パターンは、一八八〇年代に入ってからも基本的には変っていないが、その内実にはめまぐるしいほどの変化があった。一八八五年版の『ベデカ』に付載された市街図を見ると、古ベルリン、ケルン地区の各ブロックの内部にあったオープン・スペースはあとかたもなくなっている。古ベルリンとケーニヒシュタットやシュパンダウとの境界線をかたちづくっていた城壁は撤去され、その跡地にそって鉄道（Ringbahn）が走っている（城壁の撤去は一八六八年、リングバーンの建設開始は一八七一年）。城壁の外側にめぐらされていた水濠も埋め立てられた。一方、ケーニヒシュタット、シュパンダウ地区は、ベルリン北郊の田園地帯を大幅に蚕食して、旧市域の数倍に達する広大な市街地を形成する。ケーニヒシュタット地区が、安下宿や小商人の店や古風な旅館がたちならぶ場末の街であるとすれば、シュパンダウ地区は、ベルリン市内でもっとも人口が密集している労働者の居住区だった。外城の関門のひとつ、オラニエンブルク門の近傍は、「火の町」（Feuerland）と呼ばれる工場地帯で、ボイラー、蒸気機関車、橋梁の桁材などを鍛造する巨大な鉄工場が集中していた。[3] シュパンダウ地区の心臓部である。

ベルリンの市当局は、オースマンのパリ改造計画にならって、一八六〇年代から、市街地の再開発に着手し、J・ホプレヒトがその任にあたったが、予測をこえた人口の激増と工場地帯の拡大が、彼の青写真を破産させてしまう。ベルリンの市街地は、投機的な不動産業者の恰好な餌食に供され、細分された土地に劣悪な住宅が大量に建設された。[4] とりわけ、シュパンダウ地区の新開地や古ベルリン、ケルン地区のオープン・スペースをつぶして建設された貸アパート群の居住環境は、ほとんど犯罪的といっていいほどにひどいものだった。表通りからアーチをくぐってかつてのオープン・スペースに一歩足をふみ入れると、側翼に側翼を二重三重につぎたした居住棟が入り組んだ迷路をつくりだしている。わずかに残された空間は、路地裏をおもわせる暗鬱な雰囲気が立ちこめている。じっさい、この空地に太陽の光がさしこむこともほとんどないのだ。それに居住棟の中にある零細な工場、地下室で営業する靴屋や鍛冶屋の騒音や廃棄物が加わる。ベルリンの行政官は、ブロック内のオープン・スペースの最低基準を二八平方メートル以上に規制したが、この規制は居住者の生活空間を保証するものではなかった。それはこの当時のベルリンの消防車が移動可能な空間を意味していたにすぎないのである。[5] 普仏戦争後の工業の躍進がもたらした大都市の住宅難を鋭く分析したエンゲルスの『住宅問題』が公けにされるのは一八七三年のことだが、八〇年代に入ると、ベルリンの市民もこの「世界都市」がヨーロッパでも最悪の工業スラムを抱えている事実を認めないわけには行かなくなった。「煉瓦と新聞の沙漠」——これは都市問題と社会主義者に手を焼いていたビスマルクがベルリンを評した警句である。

普仏戦争を間にはさむベルリンの異常な発展とそれに伴ってあらわれた都市生活の矛盾は、同時代のドイツ文学にもさまざまなかたちで描きだされている。たとえば、T・フォンターネの〈ベルリン小説〉と呼ばれる作品群のなかのひとつ、『つくられた微笑』（原題『イェニー・トライベル夫人』1892・福田宏年訳）——一八〇年代後半の新興ブルジョアジーの偽善的な生活を戯画的にえぐりだしたこの作品では、物語の主要な舞台となる商業顧問官トライベルの宏壮な住宅はケーペンニッカー通りからシュプレー川に向けて広がる低地の上に建てられている。一八三〇年ごろにはベルリンの郊外だった地域である。トライベルの古い住居は、旧市街地に接する旧ヤーコプ通りにあったが、下品な街のたたずまいと新鮮な空気の乏しさが彼の気に入らなくなったというのだ。しかし、通風と外気に恵まれているはずのシュプレー河畔の新居は、風の向きが悪いと工場地帯の煤煙が遠慮なく流れこんでくる。この舞台設定には、ブルジョアの「快適な生活」を告発するフォンターネの苦いアイロニーがこめられている。

一方、旧市街地の裏通りに住む人びとの生活をきめこまかく描きだした作品としては、W・ラーベの『雀横丁年代記』(1856)をあげなければならないだろう。雀横町(Sperlingsgasse)のモデルは、ケルン地区ブリューデル街の中程から西に切れこんでシュプレー川の河岸に通ずるシュプレー通りで、詩人の住居はその一番地にあった。

私は何処の大都会でも、めったに日の目を見ることの出来ないような、狭い曲った暗い横丁ばかり多い、こういう古めかしい区域を愛する。破風のある家や風変りな軒などが立ち並び、大昔の大砲や長砲などが、町角の縁石《ふちいし》代りに使われている区域を愛する。私はこういう過去の時代の中心点を愛するが、今はその周囲に、新生活が要求する大通りや広場などが、整然と分列行進を行なっている。しかし私は雀横丁の角を曲る度毎に、其処にもたせかけてある、一五八九と年号のはいった古い砲身を撫でてやらずにはいられない。第一、この古めかしい区域に住んでいる人間からして、近代的な区域の人達よりも、遥かに独特で風変りであるように思われる。……物々しい老舗《しにせ》の暗い燻った帳場があるのも此処、正真正銘の地下室や屋根裏の住所《すまい》があるのも此処だ。（伊藤武雄訳。ただし現代表記）

ここでラーベが切りだしてみせたのは、二つの顔をもったベルリンである。ひとつは大通りや広場で整然と区画されている新市街の近代的生活であり、もうひとつは曲りくねった薄暗い小路が密集する旧市街にのこされていた過去の時代のおもかげだ。『雀横丁年代記』で、あたたかい諧謔《フモール》をこめてスケッチされた路地裏の小市民のやや風変りな肖像は、近代文明の粧いをこらしたベルリンの陽の当る場所につきつけられた静かな抗議を意味していたのである。

『雀横丁年代記』の作品空間を構成しているのは、閉ざされた円環のかたちである。その中心には、ゆるやかな老年の時間に身をまかせている語り手（日記体の年代記の記録者）が位置づけられ、その周辺には彼が親しく接する雀横町の人びとがいる。この円環の外側に住むベルリンの市民は、敵意とはいわぬまでもいたって冷やかに評価される。ロトマンの文化記号論にいう我々（内）↔彼ら（外）の対立モデルが典型的にあらわれているテクストであるが、ラーベ自身もこうしたテクストの構造を明瞭に意識していたと思われるふしがある。「ここに現れる舞台は小さく、登場人物の数も少いが、それにもかかわらず、これは編者にとっては興味ある一つの世界を包含するものであり、またいつかはこの文章を手にとられる無縁の局外者にとっては、退屈極まる一つの世界を包含するものであるからである」。円環の外側にいる「彼ら」にとっては「退屈極まる一つの世界」が、内側にいる「我々」にとっては、「興味ある一つの世界」になる。ここではテクスト自体が他人的世界と隣人的世界とを切りわける標識としてとらえられているのである。この「彼ら」と「我々」の対立に、ベルリンの都市空間を構成している基本的な対立――新市街と旧市街――が変換されていることはいうまでもない。フォンターネの『つくられた微笑』に同じ図式をあてはめるならば、それは「彼ら」の世界を異化するかたちで否定的に描きだしたテクストということになるだろう。

森鷗外の『舞姫』もまたベルリンの都市空間を「内」と「外」の対立項で分節化したテクストであるにちがいない。太田豊太郎が心をうばわれたウンテル・デン・リンデンの大通りは、プロシャ軍国主義の威容を誇示するバロック風の演劇空間であったが、やがて彼が迎えとられるのは、踊り子エリスの愛が待ちうけているクロステル街の屋根裏部屋である。豊太郎の生活史は、ウンテル・デン・リンデンの開かれた外的空間から、クロステル街の閉ざされた内的空間へと、その境界をふみこえたときにひとつの転機が訪れる。豊太郎の生をあたたかく包みこむエリスの屋根裏部屋は、ラーベの雀横町がそうであったように、近代的なベルリンから疎外された内密の場所であり、その周辺には古《アルト》ベルリン特有の中世的な景観がのこされている。豊太郎からエリスに視点をずらせてみると、こうした『舞姫』のトポグラフィーは、いっそうはっきり浮きだしてくるはずだ。外的空間から内的空間に入りこんだ異邦人の豊太郎が、最終的にはエリスを破滅させ、ふたたび外的空間に帰還して行く、ほとんど神話的と呼んでもいい構図である。

4

太田豊太郎がエリスと出会うクロステル街は、ウンテル・デン・リンデンとはまったく異質な空間として意味づけられている。ウンテル・デン・リンデンの大通りが、へだたりとひろがりをもったモニュメンタルな空間であるとすれば、こちらは内側へ内側へととぐろを巻いてまわりこむエロティックな空間である。かつてはベルリンの中核を形成していたこの古《アルト》ベルリンの一画は、絶対主義王権の時代を境に、シュプレー川の西方に広がるフリードリッヒシュタットとドロテーンの両地区に、その役割をうばわれてしまった。この見捨てられた街は、はるかな中世の記憶を凝固させたまま、その表面には無数の亀裂を走らせている。カイゼル帝国の政治戦略を演劇的に表現していたウンテル・デン・リンデンのバロック空間とはうらはらに、過密な人口と密集する家屋がつくりだしていた暗鬱な景観は、支配と抑圧の構造を、その裏側から垣間見させていたのである。夜の闇に包みこまれようとするクロステル街の界隈に、太田豊太郎が入りこんで行く『舞姫』の設定には、鷗外の意外に深い用意がかくされている。

或る日の夕暮なりしが、余は獣苑を漫歩して、ウンテル、デン、リンデンを過ぎ、我がモンビシユウ街の僑居に帰らんと、クロステル巷の古寺の前に来ぬ。余は彼の燈火の海を渡り来て、この狭く薄暗き巷に入り、楼上の木欄に干したる敷布、襦袢などまだ取入れぬ人家、頰髭長き猶太教徒の翁が戸前に佇みたる居酒屋、一つの梯は直ちに楼に達し、他の梯は窖《あなぐら》住まひの鍛冶が家に通じたる貸屋などに向ひて、凹字の形に引籠みて立てられたる、此三百年前の遺跡を望む毎に、心の恍惚となりて暫し佇みしこと幾度なるを知らず。

ウンテル・デン・リンデンの描写がそうであったように、鷗外はここでもベルリン風景のもっとも的確なディテイルを選びだす。たとえば、「窖住まひの鍛冶が家」の地下室は、ヴィゼッテリイがいうように、ベルリンを訪れた外国人の好奇心をそそりたてる街頭の点景のひとつだった。どの街路でも見かけるこの地下室は、牛乳屋、パン屋、肉屋、食料品店、靴屋、家具屋などの小商人が店舗をかまえている場合が多く、ときにはビヤホールに改装されて陽気な気分が表通りにまであふれかえっていたという。[6]

しかし、クロステル街そのものは、古《アルト》ベルリン地区では明るく開けた大通りのひとつだった。『舞姫』に描かれた「狭く薄暗き巷」の実景は、むしろクロステル街周辺の裏通りにのこされていた。たとえば、マリエン教会の筋向いから西北に通ずる横町で、中世の遊廓だったローゼン通りである。あるいは、パロヒアル教会のところでクロステル街と交叉しているパロヒアル通り。通《シュトラーセ》りというより路地《ガッセ》と呼んだ方がいいこの狭い横町には、地下室で営業する靴屋が密集し、路上には切りきざまれた原料の皮革が散乱していた。[7] それにモルケンマルクトからシュプレー河畔に通ずるクレーゲル路地が加えられる。とりわけ、クレーゲル路地は、一九三四年に改修されるまで、古ベルリン地区のなかでも、もっとも中世の俤をとどめている陋巷として知られていた。片山孤村の『伯林』(1913)には、この路地の実景がこう記されている。「入口は所謂門道《トールウエーヒ》で家を刳り抜いた形。中は幾百年の塵と烟との為めに染め上げられ、壁落ちて煉瓦の骨あらはな三四階建の家が傾きながら立ち並んでゐる。中世特有の建築法は上階ほど広く路次の方に突き出てゐて、空が狭くて光線の入りが悪い。路には逭に切石が敷き詰めてあるが、西側より中央に向つて傾き、雨水や下水は中央を流れる仕組になつてゐる。中世時代にはこゝに一切の汚穢を棄てたものである。クレーゲルは今は桶屋、ブリキ屋、靴直し、屑屋等の細民の巣窟になつてゐて、檐下には古い荷車が横仆しになつてあつたり、汚い洗濯物が掛け並べてあつたり、路次には鶏の一群が塵芥をつゝき廻る。旅行者が這入つて行くと暗い二階の窓から怪しげな女どもが物珍らしげに眺め下ろす」。

鷗外の『舞姫』と片山孤村の『伯林』とでは、四半世紀のへだたりがあるが、孤村のクレーゲル街の描写は、「クロステル巷」のそれの詳密な脚注といったおもむきがある。鷗外は、マリエン街からクロステル街九七番地の下宿に移った一八八七年六月十五日の日記に、「今の居は府の東隅所謂古伯林 Alt-Berlin に近く、或は悪漢淫婦の巣窟なりといふものあれど、交を比鄰に求むる意なければ、屑とするに足らず」としたためた。「クロステル巷」の描写は、この「悪漢淫婦の巣窟」というイメージにあわせて、意識的に再構成されたものではないだろうか。三百年前の遺跡と伝えられる古寺院を貧街にとりあわせることで中世の雰囲気を呼びこむという工合にである。そういえば、エリスが佇んでいた古寺院は、カイゼル・ウィルヘルム通りに面していたマリエン教会がそのモデルにあてられているけれども、「凹字の形に引籠みて」というかたちにあてはまる正面《ファサード》の寺院は、クロステル街の南手にあるクロステル教会こそがふさわしい。これもまた複数の教会を合成したイメージと考えていいのである。[8]

鷗外は、「クロステル巷」を特定の場所を指し示す名辞であるよりも、古《アルト》ベルリンの暗鬱な街のイメージ総体を表徴する符牒として『舞姫』のテクストのなかに象嵌した。何よりもそれはウンテル・デン・リンデンのバロック空間に対峙する反世界のしるしでなければならなかったのだ。

「獣苑」からウンテル・デン・リンデンを経て、「クロステル巷」にまぎれこむ太田豊太郎の動線は、「彼の燈火の海を渡り来て」、「この狭く薄暗き巷に入り」という対句を標識に二つに切りわけられる。私たちはごく自然にウンテル・デン・リンデンを明るませていた燈影の残像を、夕闇に包まれた「クロステル巷」の状景に重ね合わせることになるだろう。ガス燈と電燈のきらめきが、ウンテル・デン・リンデンの直線の大通りを浮きあがらせているとすれば、「クロステル巷」は深い影をわだかまらせている迷路の空間であり、[9] そこに配される点景人物は、舗道を闊歩する「胸張り肩聳えたる士官」や「巴里まねび」の「妍き少女」にかわって、居酒屋の前にたたずむ「猶太教徒の翁」がえらばれる。中心からへだてられた周縁の領域の表象である。さらにつけくわえて言うと、天空にそびえたつ凱旋塔をはるかな消点として遠近法の構図を収斂させたウンテル・デン・リンデンの視角にたいして、「凹字の形に引籠みて立てられ」た古寺院の扉をアイストップとして収束するのが、「クロステル巷」の視界である。豊太郎のまなざしを魅きつけるのは、この「鎖したる寺門の扉」に倚るエリスの姿であるが、それは凱旋塔の頂きを飾っていた勝利の女神像と一対のイメージをかたちづくっているようにおもわれる（このモチーフは、少女マリイと「女神バワリアの像」を照応させた『うたかたの記』でもういちどくりかえされる）。一方には遠近法の軸線にそって無限に広がる空間をひとすじに志向する視線があり、他方には閉ざされた空間のなかで街の表層をジグザグにゆれうごく視線がある（洗濯物と階段のイメージ）。あるいは「クロステル巷」の親密で秘めやかな空間の壁が視線を包みこんでしまうといいかえてもいい。さまざまな対象を一つに結び合わせて行くこの視線の統辞法から、対峙する二つの異質な空間の構造があらわになるのである。

エリスと出会う以前の太田豊太郎を取りまく生活空間は、モンビシュウ街の下宿とウンテル・デン・リンデンの北側にあった大学を結ぶ線を中心に構成されていた。日本帝国から派遣された国費留学生の立場と役割に疑いをもたなかった豊太郎の日常は、ベルリン中枢の制度的な空間、カイゼル帝国の権威と意志を表徴するモニュメンタルな空間の暈《かさ》のしたに抱えこまれていたのである。この空間の呪縛から解き放たれるきっかけは、豊太郎がドイツの自由な大学の風に触れて、「奥深く潜みたりしまことの我」にめざめはじめたときに訪れる。しかし、同じ留学生仲間との社交をいさぎよしとしなかった豊太郎は、「まことの我」を他者に向けてひらこうとはしない。「彼人々は余が倶に麦酒の杯をも挙げず、珠突きの棒をも取らぬを、かたくなる心と欲を制する力とに帰して、且は嘲り、且は嫉みたりけん」――留学生仲間の嫉視と猜疑は、豊太郎をいっそう孤立した境位に追いつめて行く。都会が提供する多様な快楽、他者との出会いの場をかたくなに拒みとおした豊太郎にとって、生きられたベルリンはいたるところに落丁があり、空白なページがのこされている書物であった。おそらく、その分だけクロステル巷の界隈は、アイデンティティを回復するやすらぎの場としての意味をもちはじめるのである。クロステル街の一角にそそりたつ古寺院をふりあおぎながら、束の間の恍惚感《エクスタシー》に身をゆだねる豊太郎の体験は、ベルリンの中心的な部分から疎外され、逸脱してしまった彼がしだいにその周縁的な部分に魅きつけられて行く過程を指し示している。それは同時にまた、豊太郎の自意識のかたい輪郭が溶けだして行く界面、その向う側に無意識の世界との出会いが予感される境界を意味していたのである。

（注番号は本書用につけかえました）

1 —— Vizetelly, Vol. I, p. 165.

2 —— Melville C. Branch, *Comparative Urban Design Rare Engravings, 1830-1843*, Arno Press, 1978, p. 44.

3 —— Vizetelly, Vol. II, p. 224.

4 —— Werner Vogel, *Führer durch die Geschichte Berlins*, Rembrandt Verlag, Berlin, 1968, pp. 138-139.

5 —— Walter Henry Nelson, *The Berliners ; their Saga and their City*, New York, P. Mckey, 1969, p. 84.

6 —— Vizetelly, Vol. I, p. 22.

7 —— *Berliner Pflaster*, 1894, p. 26. なお『舞姫』には「余は旅装整へて戸を鎖し鍵をば入口に住む靴屋の主人に預けて出でぬ」というように、パロヒアル通りの靴屋街を暗示する描写がある。

8 ——「クロステル巷の古寺」をめぐる考証には、クロステル教会説をとる小堀桂一郎『若き日の森鷗外』(1969)、小堀説を批判してマリエン教会説をとる篠原正瑛「鷗外とベルリン」(「鷗外」5、6、9号 1969・5, 1970・10, 1971・6)、川上俊之「『舞姫』をめぐる補註的考察」(「鷗外」18 1976・1) などがある。小堀は「凹字の形に引籠みて立てられたる」という描写を根拠に、「古寺」のモデルが同じクロステル通りにあるパロヒアル教会ではなく、クロステル教会を指すものと推定しているが、これにたいして、篠原は、「クロステル巷」はクロステル通りをふくめた一帯を指すもので、太田豊太郎の散歩の道順からすれば、マリエン教会がもっとも妥当だといっている。ついで川上は、第一に鷗外留学当時のクロステル教会がその前面に鉄製のフェンスをめぐらしていたために外部の者が立ち入れなかったこと、第二にマリエン教会を囲む街並は凵の字形で、この形が「凹字の形に引籠みて」という表現に合致していることをあげて、マリエン教会説を補強した。川上の第一の論拠に異論はないが、第二の論拠は鷗外の表現を自然にうけとめるかぎりでやはり教会の正面《ファサード》とすべきであろう。現在戦災をうけたままのかたちでのこされているクロステル教会の廃墟を見ると、表通りの平面から階段を降りたところに、窪んだ矩形の前庭があり、この前庭をへだてて教会の入口がある。また、マリエン教会の正面が、古ベルリン地区でも繁華な通りの一つだったカイゼル・ウィルヘルム通りに面していたことも、マリエン教会説の難点といっていい。「温習に往きたる日には返り路によぎりて、余と倶に店を立出づる」とあるように、ヴィクトリア座の稽古を終えたエリスがケーニッヒ街の休息所に立ち寄ってから家に帰るとすれば、二人の住いは、ケーニッヒ街の南手にあると考えるのが自然である。

9 ―― ウンテル・デン・リンデンと古ベルリン地区の街路パターンは、都市のなかの「文化」的な層と「自然」的な基層の対立として読みとることができる。E・リーチは、自然を分節し、統合する言語の機能をアナロジイとして、不規則な曲線の集合体である「自然」にたいして、「文化」的世界の特質は、直線・矩形・三角形・円などの幾何学図形で構成されているところにあるとしている。(Edmund Leach, *Culture and Communication*, Cambridge University Press, 1976, p. 51.)

(『都市空間のなかの文学』所収)

本文（現代語訳）は、一九八二年三月、カラーグラフィック明治の古典8『舞姫 雁』として学習研究社より刊行された。

原文は、若い読者の便を考慮し、平成一五年文部科学省検定済高校用教科書『精選 現代文』（筑摩書房）所収のものを使用した（注図版は林丈二氏所蔵）。

ちくま文庫

現代語《げんだいご》訳《やく》 舞《まい》姫《ひめ》

二〇〇六年三月 十 日 第一刷発行
二〇一七年六月二十五日 第十六刷発行

著　者 森鷗外（もり・おうがい）
訳　者 井上靖（いのうえ・やすし）
監　修 山崎一穎（やまざき・かずひで）
発行者 山野浩一
発行所 株式会社 筑摩書房
東京都台東区蔵前二―五―三 〒一一一―八七五五
振替〇〇一六〇―八―四一二三
装幀者 安野光雅
印刷所 株式会社精興社
製本所 株式会社積信堂

乱丁・落丁本の場合は、左記宛にご送付下さい。
送料小社負担でお取り替えいたします。
ご注文・お問い合わせも左記へお願いします。
筑摩書房サービスセンター
埼玉県さいたま市北区櫛引町二―六〇四 〒三三一―八五〇七
電話番号 〇四八―六五一―〇〇五三

ISBN4-480-42188-2 C0193